當我們重返書桌

當代多元散文讀本

主編 楊佳嫻

序

寫作即行動

楊佳嫻

友人開玩笑說：「重返書桌？不如重返沙發！」問題是我們一直沒從沙發起身——假如書桌象徵著正襟危坐，沙發意味著懶惰與舒適，日常中誰不是在這兩邊奔走？但是，生活何必如此二分？本書所收李欣倫〈當她們重返書桌〉，既是書名靈感，也凸顯返回書桌上與自我靜處的時光。閱讀讓我們向內凝視深淵，向外遠眺天地，寫作能梳理情與思，也能讓其他人知道我們所愛所信。

《當我們重返書桌》共二十八篇作品，大體上分為文學創作與議題思辨兩大塊，看起來前者更為感性，後者更為理性。其實，在書寫中，感性與理性並非文學與否的分水嶺。文學創作需要收攏分泛的靈光與電力，安排有意義的結構，不可取代的字句，涉及揀選和剪裁；議題的討論，尤其為了能將知識與意見散播出去，同樣需要層次分明地寫出思辨的過程、主張的來由，敘述始末，正反陳述，宣揚價值。而學習文學創作，不是只有文學能當作範本，學習寫社會參與性強的文章，也不是只能從同類中參酌。

怎樣以一個好故事或一個精準鮮辣的譬喻，讓讀者迅速進入情境或抓住你想傳遞的意義？怎樣以適當的標題、分段，漸次引領讀者走進你曾經歷過的童年往事或異想世界？怎樣以有力但不濫情、說明清晰不夾纏的文句，解釋歷史上人們曾遭遇的不義對待，並傳達改變的訴求？

這二十八篇作品不單單提供「技術範本」，也希望能在主題和內容上回應當代的思考與感覺，任何選集其實也都或隱或顯地表現出編者的偏好與關注。例如，其中至少九篇與性／別相關，一方面是因為我長期在教學與社運組織參與上尤其集中於此，另一方面，也回應了臺灣解嚴後即明確、大幅度浮上檯面，在法律、公共論述、政治、學術、家庭等方面形成複雜角力局面的婦女與性少數運動。所謂進步與自由，不單單是表現在抵抗政治強權，也包含如何質疑、鬆動、瓦解根深柢固且無所不在的父權框架。

再者，本書以清華大學人社系學生劉壕萌的〈醜女〉為起始，多年前歐蜜．沃爾夫（Naomi Wolf）所著《美貌的神話》，即已揭示「女人」與「美貌」的關係如何被自然化但同時被制度化，「美貌」又如何變成父權社會裡的貨幣系統，如今視覺經濟當道，完美且主流的形貌成為不計手段追求的目標，「醜女」如何「醜」而又怎樣失去為「女」的資格，在這篇散文中表現得極為尖銳。全書最末一篇文章，則為臺大外文系黃宗慧教授藉由愛倫‧坡《黑貓》來討論動物虐待，和讀者一起想：人是怎麼對待他（牠）者、弱者？這對於現代人在社區、校園內常常與流浪動物遭逢來說，是再日常、切身不過的課題了。

而「鬱」或「病」所揭示的生命非常狀態，也是本書關注焦點之一。憂鬱已經成為整個時代的癥候，當憂鬱作為一種生活基調不再被美化，當精神病症逐漸脫掉汙名，當生存壓力、自我認識的迷茫以及其他未必能輕易解說的原因，一再如鹽浪蛀蝕人們活著的根基——於是，在一個作風誇張的美國影集裡，出現了撒旦來到人間尋覓快樂，卻發現在心理醫生那裏可以得到救贖的劇情。相關篇章或從醫生角度出發、或從身歷者角度出發、或觀察彆扭自卑又自大的文學人物，提供了多元的認識。

這種時代性同時彰顯在對於德國歷史、香港社運的注目，彰顯在對於動物權益的思索。可是，時代性並不意味著短暫，德國歷史相關篇章討論的是極權的後遺，香港篇章表達文明社會賴以理性運作的基礎不應破壞。而討論過勞自殺現象一文，藉由日本反觀華人地區企業對於過勞自殺如何處理，在當下與未來的社會仍是持續發生的難題。

是的，通過傑出的文字文本，讀者所獲不會只有內容或寫作技術，兩者互為表裡，才可能使我們觸動；觸動之餘，更深入追索，有心學習者會觀察這些寫作者如何觸動讀者。珍貴的記憶，深沉的歷史，破除盲霧的思考，都需要良好有組織的文句段落和表現方法，有效的傳播需以此為基礎。閱讀把他人、把世界帶到我們面前，而寫作則進一步加深了當中的聯繫。

起心動念編選本書，一開始，是為了我在清華大學中文系擔任大一必修「基礎寫作」課程所需。系上發展寫作課程多年，集合了文學學者和語言學學者的心血，以及眾多青年教師操演熟成，並各自發展教學特色。我自然也有自己教這門課的方式。這些文章作為教材印發給學生，他們心與腦的產出潤育了教育現場，讓寫作課同時可以是文學課、素養課，讓課堂不只是校園一隅，也是和社會鏈結的哨站，智慧書寫無價但應當有酬，得通過出版機制來完成。也因為出發點與清華有關，本書選入三位清華學生的文章：劉璩萌，清大中文所博士生林銘亮寫網球，以及清大社會所德國博士生戴達衛寫東西德家庭記憶。

從中學到大學，課綱的修改與考試題型的變化，乃至於對於文學科系學生基本能力的要求，都一再拉近、要求文字寫作與社會之間的聯繫，這本書可以讓寫作課教師們在此認識上做各式運用。謝謝應允授權本書的各位作者們。我們身處矛盾社會，「文字貶值」之說大行其道，然而文字卻又在娛樂、煽動、動員、伸張等層次上繼續發生巨大作用。影像技術便利，傳播上更刺激，然而若想推動一個理性思辨的社會，文字仍然更能承擔複雜多層次的表述，它也同時是我們詮釋世界或發展其他文化產品與社會行動的依據。

目次

靈魂航行惡水

懷人戀物

屋簷內外

性別與身體

輯二　面向臺灣與世界

文學藝術思議

—— 輯一 ——

面向自我與記憶

醜女

劉璩萌

我有時覺得，漂亮女人跟醜女人是兩種不一樣的性別，截然不同的人種。W聽了哇哇大叫起來，你這樣分類，跟性別主義者有甚麼兩樣？噢！如果有一天，一個罐頭開始往自己身上貼起標籤來，你也許可以視為是一種行為藝術吧。

當漂亮是一種性別時，我並不是指那些會在聊天時被特別提及，甚至被放在網上肉搜的那種。它通常代表，普通，正常，跟「女人」的所指是一樣的。醜女不然，他們比較接近動物。豬，或龍，或其他。醜女是獨立於男女之外的一個物種，你無法從歷史或藝術圖鑑中索引出來。有點學養的人都明白，醜陋的男人上了漂亮女孩是一種變形的美感，醜陋的女人則是純粹悲劇。你可曾聽過鮮花與牛糞的孿生比喻？

深諳文藝的人可能會曉得，女人是很輕，很魔幻的一種存在。是紅樓裡踩著繡鞋掛著珠玉的釵，含蓄與嬌豔並存的蔻。醜女則不同。醜女是純粹、方正、簡約的。他們既不擁有慾望，也不承載慾望。醜女是無性的。這是原罪中的一則救贖，所有女孩被對於強暴的恐懼哺育成人，而我們幸免於難。我們很安全。

所以當其他女孩子在學習合攏雙腿，用膝蓋夾住一支粉筆時，我們在學習男人的生活工具，有理數、無理數、gamma、delta、銅汞銀鉑金，學習像男人一樣說話。幹恁娘馬的雞掰。W酸酸地道破：「你以為自己是勇者啊？」拿了勇者的劍，就自以為是勇者。結果是龍。「無妨，龍也是需要鱗片。」

W家開服飾店，賣的是以流行視覺為主而適穿其次的日韓衣服。省去做尺寸的心力，清一色是F標。成衣街隔兩條路就是我家，W家的店面我是一次也沒去過。「這裡不是賺妳的錢」。FFF，像笑聲，咈咈咈咈。Free---For Female。自強號過站，連W住的河濱大樓都為之彈跳。便利商店的櫥窗正好裁下一面校門的景觀。一中的學生背著橄欖色書包擠在一塊冉冉而行，嬉鬧聲競相疊加甚至要蓋過火車。

我舉著寶特瓶喝，遮住自己半邊臉，眼角偷瞄隔壁座位上白下黑的女中生。臉頰是粉亮的白，有對受人歡迎的雙眼皮。鼻子恰當地坐落於一正確比例範圍，嘴唇微微抿著，像撕開一莢豌豆般的中庸大小。「五官均無特色，組合在一起倒也還端正。」坐左手邊的W傳訊息過來，哪本小說抄來的，文謅謅的戲謔。女生站起，往棗紅的側背書包裡翻找甚麼東西。手臂膚色略黑，但粗細還算勻稱。制服看不出腰身，看裙子——顯然是刻意改短過，黑裙一摺一摺舔大腿下緣。像W說的，並不驚為天人，但足矣。只要個性足夠大方，必定能吸引到幾個一中的男生，為她剝去上白下黑的日常，解決彼此漿在白襯衫下的慾望。我盯著青春死命窺看，一瞬間茫然竟忘記自己跟W究竟是年長於他們還是年幼於他們。成長對我們而言是靜止的，無所謂稚女、少女、熟女之分別。

他想到好幾年前那天，恍惚如昨日。初中剛開學他起了大早，將睡塌的頭髮重新吹過，整整齊齊地束起來，束在一斟酌過的恰好高度上。他把裙子疊好放進背包，小心不弄亂摺痕，方便騎車到校之後換上。走進教室前，在女廁擠眉弄眼，喬出一幅最溫馴的眉目。中午掃地時間，站出一尊最端正的姿態，僅上身微傾，將竹掃把正著拿反著拿斜著拿要掃起水溝孔上最後一枚落葉。兩個男同學甩著塑膠畚箕走過來：「妳長得真的很抱歉。」

隔天開始他穿運動服上下學。小考期中考模擬考，他是最能面對張牙舞爪數學理化，也能應付絕大部分枯燥國文英文社會的人。發考卷那天騎車出校門，班上一群家長圍成圈圈聊天，你看，那個是校一。哎呀怎麼長這樣。那時他已聽而不聞。所有女孩也都感到麻木了。他感覺腦袋裡有甚麼東西已經永久地斷掉了。

「別這樣，」W懇切地說：「妳很漂亮。我是真心的。」

我寫的每篇文章，W都說很好。

國中畢業上高中，這回制服是一定要穿的。但也早就沒差。生活是大王椰子筆直的樹幹，不蔓不枝，呈現一種化約的幾何。房間教室，兩點一線。念書休息，兩點一線。假日上高資班，高雄臺南，兩點一線。必須極為單調苛刻，才磨得出一種簡潔的陽剛氣息。學校其實是教我們生存。多數人的課題較為複雜，學校以外還有補習班的小社交圈、友校社團一同團練互通有無……我們既是資優班也是放牛班。

關於那些加害者怎麼往花瓶中吐口水、倒精液，我總是極為茫然，好像要花很大力氣才能同理一個非同物種的故事。我們在所有文學中缺席。所以，所有為了接住受傷的人而張的大網，我們都從網目中掉下去。他們慣於被摔在地上了，沒摔碎的便摔出了彈力來，彈呀彈的，自知幾分滑稽。不幸摔碎的，碎成齏粉，掃一掃還要拿來煎藥服湯。

像要補救這份缺席，他只好不斷地在腦袋中編織各種強暴強姦的情節，在幻想中預習、複習，練習做為一個漂亮女人受害時的心情。反覆咀嚼著，竟發現自己喜愛這樣的幻想。被壓在床單上動彈不得，衣服給撕個精光，他掙扎扭動，引來一個一個拳頭打得紅腫瘀青，鼻血直流。施暴者堅決挺入，而他放聲哭嚎，或因強忍聲音而顫抖痙攣，熬過漫長的抽插最終被射個滿身黏膩。幻想完後他會特別地清醒，並且有一種認知，覺得只有漂亮女孩可以說不要。而他覺得，如果有那麼一點渺茫的機會幻想在他身上成真，他應該說要，他會溫馴的低頭，把自己因享受而棗紅的臉藏起來。

很後來他才知道關於誰很安全是一個虛假的保障。在市立圖書館的書架間，歐洲文學跟東洋文學圈起來的那個角落。數著標號找一本藏書。倏地一雙修長的手岔入他襯衫腰部皺褶與皺褶之間。他明明是一個人來的。感覺頸後有熱氣。他不敢移動，像是深怕腳跟一挪便踩到一只昂貴的皮鞋。那雙手像裁縫的皮尺一般滑動，指尖沿著內衣縫線畫輪廓，指腹抵著乳下的罩杯，緩緩施壓、搓揉，像他用冷洗精手洗內衣那樣，只是內衣還在他身上。手掌對稱地爬移，來到後背的谷地，在金屬扣的地方會合。他整個人站成一副受罰面壁樣，冰水從頭頂灌下直至腳踝。時空瞬間被拉成痛苦的永恆。然而最終，沒有東西被解開，也沒有東西掏出，沒有插入。闖入者悄悄離開而空間依舊靜謐。

他想起他還沒找到那本書。876.57、876.57、876.57……該死這圖書館是虛有其表，建得如此富麗堂皇連一本書都找不到。876.57、876.57……找到了。876.57 4437。確認書名內容後把書放進環保袋。下至三樓用自助借書機避開櫃檯人潮面孔，確認書目數量跟收據一致，快步下樓梯一邊用手機輸入還書日期提醒。

步出大門，午後陽光靜靜地刺著手臂，照得臉爬滿通紅。發楞，竟是種奇異的滿足和歡愉。

回到家裡，父親對他寒暄：「你今天氣色特別好。」他傻笑，內心難耐有種成就感和幸福感在無法無天的膨脹，膨脹得飽滿淫靡。直到書要還的那幾天，他才咀嚼出這膨脹中的羞恥和惡俗。遂把家裡所有的小說畫冊劇本通通翻遍，竟找不到一個描述和他相似的角色。他打開電腦，翻出一篇強暴H文把主角置換成自己。畫面彈出昨天的聊天視窗沒關，同學傳來照片有一女子畫濃妝自拍，嘴唇紅豔欲滴出石榴花。評注只有「啊嘶」兩字。他平常怎麼回的？「這我可以。」該死是在可以甚麼，你他媽的到底可以甚麼？

他痛恨自己拿別人的痛苦記憶來自慰的變態，痛恨自己誇張到奇葩的粗心。原來這場圍繞著金蘋果的遊戲無人能幸免。彼此嫉妒竟只為成為一枚較高貴的容器。說你漂亮是為了肏得合理，說你醜是為了肏得合法。花瓶也好，痰盂也好，最終盛裝的都是羞辱，都是暴力。一種空虛的痛楚席捲而來，作為容積的空腔處從內發炎發燙發痛。陶器與瓷器竟都是這樣的嗎……

但，我是個醜女。

我們既不是男人也不是女人，我們是最懂得節制的一群人。

所以我還是會恪守一個醜女人的自尊。小心翼翼不要跨越室友用琳瑯滿目整齊收納的化妝品砌起的高牆，小心不要買洋裝，不要穿緊身的衣服，不要讓人看見我逛購物網站的紀錄，不要讓人聽見我聽韓國團體的歌。最重要的是，用知識武裝自己。身為一個醜女人擁有的特權是我有時候會被作為一個人看待，雖然通常是因為我並未達到作為商品的資格，然而我也會由衷感謝，萬分謙卑地感謝，這世界願意賞賜我一點慈悲。

有次W說有書要送我，要我去他店裡拿。黃澄澄的店舖將衣物都染上暖色。門口曬著極短樣式刷白牛仔褲，左手邊櫥窗人形著兩件式深墨綠飛鼠衣套裝，通道盡頭的鐵架掛著一系列沾著蕾絲的森林系長版衫。W跟我說，他自己也不穿這些衣服，穿不得。我挖苦他：「那你也跟客人說，『這我也有帶一件』嗎？」W笑得東倒西歪，笑到路人側目，惹得我也狂笑不止。一室盡是我們巫婆般的放肆笑聲，整個傍晚便都歡快明亮了起來。

——清華大學第三十屆月涵文學獎散文類首獎，入選九歌《一〇六年散文選》

筆記

〈醜女〉作者為清華大學學生，本文獲得校園文學獎後，在文學讀者與性別議題關注者之間傳誦一時。全文以反諷與分析並行的手法，呈現當代社會的美貌迷思。美貌作為一種貨幣系統，其意義與價值是由父權社會所決定的。

作者仔細描述女性如何展現女性特質（femininity），「醜女」並不合格；也勾勒了自由化婚戀市場上受挫的男性如何藉由暴力來展現男子氣概（masculinity），人們說要張開網接住陽剛暴力的受害者，可是「醜女」往往從網目中摔出去。

文中以男性的或中性的「他」代稱「醜女」，是作者的特殊設計：彰顯「醜女」不被當作女性（或作為商品的女性）看待，同時也是對於「她」這個五四時期才被發明出來的字眼的反響。

只盼比席德進幸福

林佑軒

飛機落地的瞬間，我想到了席德進。

在一間硬朗地夾在兩牆狹縫中的咖啡廳，我閱《席德進書簡》而驚：加諸於男同志身上的詛咒，或祝福，又一次應驗了。彷彿不這樣，就無法為天地爭輝似地：腦中有金玉的智者，與胯下金玉響叮噹的美少年。蘇格拉底與他的將軍鮮肉男友，奧森巴哈與達秋，蔡明亮與李康生。就連——我望著俊美的他——為我們導讀這些文本的朱偉誠老師，與當時還是死大學生的我們之間的關係，都是這樣。

一字一句，有智慧的男同志對鮮肉花瓶異性戀，又愛，又憐，又妒，又恨，又願其成功，又願其不成功。柏拉圖的筆下，蘇格拉底大言不慚什麼「智慧是金，容貌是鐵，以金勝鐵，我自然萬人空巷，永不會空穴來風」之際，難道心裡沒有過一絲天不假年的哀傷？奧森巴哈更將自己撢一撢，乾乾脆脆，自卑到了腳踏墊的位置，行乞著年輕的眼光，而終於被自己的衰老給一耙打落。至於蔡明亮與李康生，是我認識席德進與莊佳村之前認為的，將異男忘無限提升至藝術，甚至宗教的最威猛的榜樣。就像一張白紙載著一株草莓，飛到了大氣層的表面，在那裡一切無聲。草莓孤寂地漂浮在宇宙之中，每一片明亮的葉子都映照著作品，有蔡明亮叫李康生演的電影，有席德進為莊佳村而畫的〈紅衣男孩〉。

席德進將私人書信寫得像公開信——又是關懷，又是責備，又是提攜，又是鼓勵，一言以蔽之曰：求不得。求不得莊佳村的肉體，以及莊佳村的靈魂，一意圍著他轉，呵護著一炬點不著的火苗；及至受了傷，由愛生恨，苦恨如他晚年的膽汁那樣噴了出來，要他自己喝回去。莊佳村的代序提到席向他求歡不成，他終於了解席的動機；提什麼攤牌後席整天施脂抹粉出去釣人，還撂話「吊膀子去，弄點香味才騷。」又提什麼他總算了解席深愛著男人，就像他深愛著女人。他是說得多了——誠懇的異男永遠不會懂GAY的。他的話證成了他的誠懇以及他的愚蠢。他不懂，席懂，我懂。懂那種甚至沒有立場的愛，愛到了盡頭被傷害，就化成大鷹要傷害人，而終於被生命擊落。我懂。

「我想買這本書。」

「欸，我幫你查了，絕版了啦。」我朋友講。

「你找一下二手的。」

「找了啦！一千八百塊一本。只有你們這種人會買啦！」我朋友從我的臉上，收回了他的手機螢幕。

之後我們沒有再見面。

回過神來，我已身在巴黎。

我會在這邊讀一年的書。不再年輕的我，竟然與席德進踏上了一樣的路。

半年過去了，漸漸習慣了巴黎，搭公車閒晃塞納河，或去十三區吃河粉。席德進去過哪裡？奧斯曼大都更後的巴黎，迄今沒大變化。會不會聖心堂一角的顏料痕跡是席德進留下的呢？

說習慣，也只不過習慣了大型遊客的生活——我了解席德進的吧？他曾想在此拚出一片天空。但是談何容易。惟聞一堆臺灣人爭先恐後躋身文化掮客羅耀「法式浪漫風情」，第一世界的老牌殖民帝國又何必理會什麼島國氓民——他們的理會帶著帝國主義時代那種掛個鹿頭在客廳的獵奇感：超市裡，窗簾與玻璃杯旁放的是面容沉靜的佛頭。

從事美術的席德進打拚了幾年，放棄成為他所謂的「國際級的藝術家」，回到了臺灣。有說乃因莊退伍了，他要回來團圓；有說他知曉了再怎麼努力，也不可能在法國獲得像在臺灣一樣的榮耀。總之，他回來後，與莊鬧翻，閉氣潛入了傳統文化，開創出了萬古彌新的藝術事業。

我呢？跟藝術相比，更難用文學在巴黎發光。法文緩慢進步，但精妙而足以創作是不可能的；中文踉蹌退步，造個句都像鳳眼糕一樣觸手零落。

漸漸體會了席德進之心，那種想要成為世界第一而不可得，乃返鄉蹲馬步，舞踊愈顯深沉——發現了自己再也不可能，才能專注如斯。

席德進也沒法接受自己的老去。說他認不出鏡子裡的人是誰。可是他年輕的自畫像比紅衣少年更懾人。

也就是莊佳村的宿命。席德進的光輝中，莊佳村惟餘肉體，肉體外一片慘白。這是一切被同志愛上的異性戀的宿命——尤其這同志還是個創作者的時候，大恐怖。被愛上的人兒，將在真實世界漸漸萎縮消亡，剩下作品裡的他。李康生是蔡明亮的李康生，蔡明亮以外的李康生我們漠不關心。莊佳村是席德進的莊佳村，席德進以外的莊佳村我們偶爾從報紙上讀到他的消息：也是畫家云云。就只是這樣了。

「欸欸這給你。」我們坐在RER的B線上，正從機場往市區。他掏出了一個紙包，我撕了開來，是《席德進書簡》。

我深深吸了氣——「你還記得？多少錢？我待會換算一下歐元給你。」

「不用啦，這送你。」他咧嘴笑了起來——那笑容跟咖啡廳裡，他說出「你們這種人」的時候一樣，跟更久更久以前，高中的我苦戀他的時候一樣。

高中的苦恨日子，抱著被被哭泣，擦擦眼淚面對大家的閒言閒語。畢業後我跟他說開：

上不了的諾亞方舟

騷夏

雨下很大。

雨下很大的時候，我都會央求大人，跟我講關於大雨的故事，記憶中最常聽到的三個故事：一是牛郎織女，大雨是織女的眼淚；另一個是白蛇傳，大雨是法海水淹金山寺；第三個則是諾亞方舟，在我孩提的神祉世界，聖母瑪莉亞或耶穌也是眾仙班之一，我家鄰居就是虔誠天主教徒，他們的修女常來拜訪，也會順路來與我家人聊天傳教和玩小孩（我），因此聖經的故事對我來說並不陌生。

這三則大雨的故事，三個故事裡面都有動物，我最喜歡「內含動物量最多」的諾亞方舟。聽完故事的我，通常就會開始畫畫，我想起應是因為喜歡修女阿姨們的讚美，聖經裡頭說的三層的大船，在洪水裡不斷飄流，各種動物擠在一起，我自由發揮得相當快樂，船怎麼畫？很簡單，家住高雄港邊，很好觀察，大船對我並不陌生，颱風大雨常併發海水倒灌，「做大水」的確很可怕。

我蒐集一疊日曆紙，翻到日曆紙空白的背面，我是造物者。

各種動物都要上船嗎？好的。

全世界全宇宙的各種動物都要上船嗎？「嘎抓仔」也要嗎？「杜蚓仔」也要嗎？

那讓我先畫沒有腳的，再來是兩隻腳的，然後再畫四隻腳的，六隻、八隻……

天啊，我認識的動物似乎不夠多，如果我不認識多一點動物，漏掉哪一種沒有畫上去，牠們就要淹死了，諾亞方舟故事給我極大的震撼，為了不讓動物淹死，看來我得努力「多識鳥獸草木之名」。

所以自小我就喜歡閱讀動物圖鑑，並且記認牠們，迄今我的電腦桌面是非洲大草原上的各種動物，我設定每十分鐘自動更換，有枯木上的獵豹，有奔跑的斑馬，有過河的非洲大水牛，有聖誕島紅蟹大遷徙；我喜愛逛動物園、愛看「動物頻道」，都是諾亞方舟大洪水曾經來過的痕跡。

但我忘不了，等我真正識字之後，翻閱聖經創世紀，帶給我的許多問號：潔淨和不潔淨，原來不是單單指動物有沒有洗澡；更大一點，那時我已經對自己的身體有性別的意識，耳裡的雷更是轟隆轟隆地打，如果要符合「公」、「母」的上船規定，我恐怕是不符合的，也上不了諾亞方舟的名單吶。

大水沒有來，但我曾經熟悉且親愛的神，卻把我沖得好遠好遠。

——原載《上不了的諾亞方舟》，時報文化

筆記

如何以一個大家耳熟能詳的典故，扼要精準地傳達出性少數者的處境？騷夏〈上不了的諾亞方舟〉做了良好示範。

從小就喜歡動物故事，加上在海港邊長大，因此，在所有和大雨有關的傳說裡，敘述者最著迷於聖經裡的諾亞方舟，三層大船載運著無數動物，航向光明新世界。可是，再長大一些，敘述者注意到一個關鍵：能上得了方舟的動物，必須是一公一母配對，為了能生殖。生殖是啟動世界再造的鑰匙。

那麼，喜歡同性的自己呢？性別氣質不符合性別角色規範的自己呢？到底算是公還是母？不能履行生殖功能就沒資格活下去了嗎？

挽面

謝凱特

小時候，母親會騰出大腿，讓我枕著，再從放滿梳妝用品的喜餅盒裡拿出眉夾，就著窗邊的光，尋摸著我臉上的細毛，每夾去一根，我心裡就刺痛一下，皺一下眉。

歹勢，會疼嗎？母親抱歉地說。

多年來，我認知中的挽面一直是這樣的。

我從小就長壞了，一張臉總被取笑是烤糊了的披薩，讓我總是低著頭，盯著地板走路。直到國中時，我好不容易向心儀對象表白，卻碰了壁，回家反而向母親發脾氣。我揣著身為同志的祕密不說，只是對著她怨懟：把我生成這樣，都你害的。

母親不明就裡，但只得安撫我，教我用蒸氣蒸臉，以蛋白調綠豆粉勻面直至乾燥再清理。扒下龜裂的粉漿時我恨不得撕下整張臉，換一副長相，不料只摘下了粉刺細毛。看著鏡子裡光滑的皮膚我更惱怒了，遂躲進房間，一聲不吭。

母親敲敲門，提著化妝盒，抱歉地說：甭生氣啊，我幫你挽一挽，血液循環叭，臉瘦下來就會好看。

我姑且閉上眼睛，讓母親低著頭，執眉夾，替我挽面。光影透過她的手勢錯落在眼皮上，我很快就沉沉睡著，再醒來時什麼也沒變，母親卻累得直不起身子來，

我不信這套古老方法能改變什麼，日後我轉身朝著鏡子，自己處理面子問題。但無論我如何背對母親，她還是會好說歹說把我枕在腿上，面朝著她，問我，沒什麼心事要說的嗎？我緘口，她也不追問那些藏在我抽屜裡，單方面寫下的日記和情書怎麼回事，只是繼續挽面。經常，我被她沾了收斂水的化妝棉一擦，冰涼澀鹼扎得我醒來，卻看到她眼角有光，推說是目油。

筆記

挽面是古老技藝，以棉線的拉縮來除汗毛、去角質，維持臉面光滑。這項技藝主要針對女性，也是過去新娘出閣前的儀式，又稱「開面」，自此帶著一張新鮮美好的臉面去過婚姻生活。

本文描寫的卻是母親替兒子挽面。當兒子在感情上受挫，暗自遷怒於母親沒能把自己生得更好看，母親卻提議幫兒子挽面，會更好看。她彷彿明瞭一切卻又不明說。母親仔細地修整兒子的臉，這份親密多麼細緻，也暗含著一份盼望，盼望這「開面」儀式能讓兒子找到幸福。

有些憐惜與諒解不是形諸言語的。而是在手、棉線和臉之間，微微痛楚，臉和心都記得。

阿凱的原形

鯨向海

那個專長兵阿凱，比一般十九歲的男孩都還要來的精壯，手大腳長，一張臉忠厚老實相，不像是裝病偷懶的傢伙，卻前前後後來醫務所好幾趟了。

第一次來是因為眼睛痛，我診斷為尚可救藥的針眼早期，開給他一條抗生素藥膏，他支支吾吾的畏縮模樣一開始並沒有引起我的注意，事後想來，一個身強體健的大男孩，卻不敢拿藥塗自己的眼睛，本來就是一件莫名其妙的事情。隔日他又來，我問他擦藥了沒，給你藥不擦怎麼會好，「報告，是。」可是他不擦。他苦著臉說全身不舒服，問哪裡不舒服，也說不出個所以然，那雙濃眉大眼只是無辜地盯著我看。我決意先幫他量體溫，把體溫計遞過去，他接過，低頭瞧了瞧，又立刻還給我，堅持自己沒有發燒並不需要測量；在部隊裡，這可是違抗長官命令的舉動哪，如果是脾氣壞的醫官，早就破口大罵了，而我只是有些驚訝，了」的滿足，我心裡暗叫了一聲，扯開棉被一看，果然已經射精了。X的，把這裡當作怡春院嗎，他卻只是摸著頭傻笑說：「報告長官，我忍不住。」

在我決定了將阿凱轉診到國軍醫院精神科的日期之後，阿凱就沒有來過。當有和他同連的弟兄來醫務所看病，我間接聽見阿凱的消息，聽他如何不知死活搶安官的棍子，如何於眾人猶在夢中的午睡時間突然調皮地大喊：「部隊起床！」或者如何到處脫隊亂走與長官玩躲貓貓遊戲……。他的同梯對他有截然不同的評價，有人覺得他非常可憐，應該是被髒東西附身了；也有的說他只是裝傻，整個部隊都被他害了，長官們因為他的事情都瀕臨人獸邊界；還有人覺得他是真的被軍隊逼瘋了，請不要再處罰他了……，世上總有真善美的信徒跟極端教義派。

話說那一晚部隊早已休息，遠方的機槍戰車如巨獸在月光下溫柔地睡著了，我因為要照顧一個深夜發燒的病患，較晚入睡。突然電話鈴響，是阿凱打來的，他說他頭昏想到醫務所看我。我知道是長官授意的，不然在紀律森嚴的部隊他如何能夠知道醫務所的電話，看來對方是想要把這個燙手山芋丟給我，於是只得答允了，畢竟我只是小小的少尉醫官而已嘛。來了是一臉正經的阿凱乖乖端坐在診間的椅子上。我遞給他溫度計，囑咐夾在腋下五分鐘，他低下頭看錶計時，我請陪他來的安官看好，不要讓他隨便把溫度計抽出來把玩。約莫五分鐘我又回來，他低頭看表說只過了四分鐘，我說沒關係把溫度計給我看，他露出堅毅的眼神說不行，非得要我再等他一分鐘。後來連上的輔導長和排長班長都來了，他們一群浩浩蕩蕩都是被阿凱半夜敲門吵醒的受難者，睡眼惺忪圍著我問怎麼辦，我說鎮靜劑在部隊裡是管制用藥，可以打抗組織胺試試不過不一定有效。這些勇猛威武的幹部平日在學生們面前的那種凶神惡煞形象遇見懵懵懂懂的阿凱一點效都沒有了，我感覺有些無奈又好笑。

轉診的那天，阿凱在醫務所前等接送的車子，比起其他同去阿兵哥的眉飛色舞，他呆呆的模樣更顯突兀。他的母親也來了，是一個平凡的中年婦女，穿著樸素的衣服。阿凱一看見我，便在我面前立正站好，報告說他仍然不舒服，什麼都忘記了。他的母親陪在旁邊，眼睛都哭腫了，只聽她叨叨絮說，怎麼會這樣，叫我可以去問問街坊鄰居，阿凱從小就是個聰明的孩子。怎麼會這樣？我無法回答，只得隨口安慰幾句。阿凱這天乒一下子跟我抱怨他口臭想要回去刷牙一下說他的鬍子太長了不刮不行，顯得十分焦躁。我們是打算送他去住院的；他似乎有了預感，賴在地上不肯走，阿凱原本就粗壯，幾個人也拉不動，他的輔導長滿臉大便，說阿凱只聽我的話（這是什麼鬼話）希望我幫忙安撫。我只得騙他要一起坐車前往，在他母親和幾個長官一群人半哄半拖下，我背信忘義地急忙下車去了，如此折騰幾番，才將阿凱硬送到醫院去。看著車影默默消逝在光天化日下，如同以往那些轉診到精神科去的弟兄，他是否也就這樣，從此下落不明，不再回來？

後來我休假幾日，再回到營隊中，聽說阿凱已經回到連上，並沒有住院，也不再傳來鬧事的消息。問一個與他同連的學生，只知道已經完全正常了，渾若無事。我想到他瘋狂失控的舉動，幾乎一度要懷疑他是精神分裂了，怎麼能夠這樣見好就收？難道是裝病的，那未免演技也太好？我忍不住好奇，再把阿凱喚來。

喚來的是一個似笑非笑的阿凱來到我面前，問聲醫官好，我示意他坐下，他便坐下，雙手置於膝蓋上，一副訓練良好的模樣。他有些羞赧地回憶說當天醫生確實要他住院，可是他不肯，他母親也強烈反對不斷啜泣。隔日他母親便請假帶他去收驚，煙灰瀰漫中道士對著他喃喃念了些咒語，說也奇怪，那黃粱南柯之夢就此醒來。我是受過正統科學訓練的人，自然不太信怪力亂神，又詳問他病發之前情況，他說一切如常，只是因為動作太慢拖累整個班，曾經在晚上被圍毆過，隔天醒來後腦劇痛。又說他對於發病時的記憶都是清楚的，連在醫務所發脾氣，入夜在連上亂走或者躺在病床上打手槍等等事情他都是記得的。我不置可否，目送他離開醫務所，知道此後果然再也不會見到他了。我不知道阿凱的原形到底是一個受害者？一個挑戰者？一個孝子？或者一個小丑？一切陷入茫然虛幻之中，如一部紀律森嚴的電影忘了修剪掉的NG片段，卻成為最深刻的故事。我只是一直想著他用一種祈求的神情問我，天真又可憐：「為什麼有時候清醒，有時候卻什麼都忘記了？」像是曾經無意中擅自闖進了一個失落的世界。

——原載《沿海岸線徵友》，木馬文化

筆記

形容一個人莫名其妙失了常態，言行不合規矩，行動欠缺理性，叫做「失心瘋」。鯨向海這篇散文就是以醫師的角度，素描了軍營中短暫「失心瘋」的案例。

軍營中託病躲懶者所在多有，阿凱來了醫務所好幾趟，看上去不是演戲，醫官者卻總是弄不清阿凱到底有什麼毛病。他焦躁不安，卻說不清楚到底哪裡不舒服，他會當眾做出失序的行為，彷彿大腦中某個環節鬆開似的。最後，醫生束手無策的病患，竟在家人帶去收驚後，從夢中醒覺，恢復常態。

人的心靈突然掉進迷霧，科學無法解釋一切。那不受控制、困惑失常的狀態，是阿凱的原形嗎？是人類的原形嗎？

如同她們重返書桌

李欣倫

1

Alice Munro的小說《抵達日本》，描述了同時是母親、女詩人的葛蕾塔的一段生活插曲。葛雷塔寫詩，雖然先生彼得的母親知曉此事，但嫁給彼得之後，她告誡先生別用「女詩人」這個字，因此後來才認識她的人不知曉她寫詩，她也盡力隱瞞這點，畢竟多讀一本書、談論嚴肅的話題都可能會啟人疑竇，更可能影響先生的升遷。

葛蕾塔將詩作寄給文學刊物並獲刊登後，雜誌編輯邀她和其餘作家聚會。聚會前，葛蕾塔請人照顧孩子，自己穿上優雅的黑色洋裝和高跟鞋去赴約，但在聚會中，多數的人並不搭理她，除了男記者哈利斯，兩人後來維持著若有似無的情愫。之後在彼得出差、無法安置妻女的情況下，葛蕾塔帶著女兒搭乘火車前往多倫多，打算住在女性友人家。

孩子晝夜哭泣、馬拉松似的哺乳對母親絕對是消耗與考驗，體力透支讓母愛變得困難。有本育兒書提到，仔細觀察孩子哭的時間和哭聲變化，可以藉此判斷他們究竟是餓了、睏了、脹氣還是承受不住太多外界刺激。有時我會顯露出難得的耐心，一一觀察和分判，但多半那些哭聲聽起來並無太大不同：尖銳、急切、猛烈、令人發狂。於是有另一本育兒書提出一個不怎麼高明但後來證明管用的方法：不如媽媽戴上耳塞。看著女兒脹紅臉大哭，五官擠在一起，彷彿一個醜陋的糟老頭，睡眠不足的我對她大吼：盡量哭吧，被迫來到這苦難世界本來就值得大哭一場。然後我逃進浴間，坐在馬桶上將臉埋進手掌，忍不住哭了起來。如果不這麼做，難保我不會將哭聲不止的女兒扔出窗外。

當時，我常坐在馬桶上，閉上眼睛，有時真的戴上耳塞，逃避女兒的哭聲。這是我躲避母職的防空洞。有回在香港參加研討會，聽楊佳嫻轉用吳爾芙「自己的房間」，形容〈紅玫瑰與白玫瑰〉中的煙鸝因便祕，常在廁所蹲上幾個鐘頭，那是空虛的她暫時的棲止處。雖然我沒有便祕的困擾，但仍覺得佳嫻用「自己的房間」來形容確然是妙喻，過去的女人需要自己的房間來寫作，但對一位新手媽媽來說，浴廁便是自己的房間，馬桶是堡壘，白色的磁磚儘管沾了黃垢，但這無礙成為暫時的祕密基地。坐在馬桶上，凝視磁磚上方浮現的花紋，緊繃的身體線條才一點一點地鬆開。

最好的時光仍是：孩子熟睡，於白晝，也是我沖澡的時刻。窗外的天光色如珂雪，絲綢般地燦燦鋪展、流動於浴間。在蓮蓬頭下觸碰自己的身體：消減而鬆弛的肚腹、肚皮上深色的妊娠紋、蒼白沉贅的肉身，儲滿乳汁正蓄勢待發的飽脹乳房，這一切的一切構成了我：一位母親，母親的身體，交換青春以哺育孩子的身體。然而，這就是我嗎？

3

重讀生完女兒頭兩個月的每日記錄。那時讀了朋友大力推薦的育兒書，書中建議母親盡可能每天記錄E（Eat）A（Activity）S（Sleeping）Y（You）：前三項為孩子的喝奶、活動和睡眠時間，最後一項則是妳——身為母親但同時也是女人的妳——替自己做了些什麼。在這本育兒書的權威建議下，我開始記錄孩子睡與吃的時間、換尿片的次數，以及更重要的——妳，不是母親，而是一個女人的活動。

女人的活動那欄，並沒有購物、喝下午茶等字樣，只有讀書和讀經。讀的書大多是育兒書籍，雖然如何育兒各有方法且相互矛盾：有人告訴你將嬰兒放在嬰兒床上，並在「確定房間沒有蛇」之後，就可以關燈離開，這一派的主張特別強調孩子的安全感建立在穩定的時間表上，並以多人的親身實驗，證成嬰兒絕對有獨自入睡的能力。但同時，也有專家謹慎地提醒你，零到三歲決定一個人未來的人格養成，母子間的肌膚親密才是孩子的安全感來源。

有人則告訴我，產後的女子排出惡露，濁血染汙了大地，地藏經文能滌除罪垢，於是日誦一卷經文成了我的定課。經中詳細描繪了地獄的所在、地獄相狀、受苦的生靈、造作何事而墮入地獄。當孩子喝完奶、好不容易願意安靜小憩，我展開經卷，讓地獄繪穿行指尖，流經聲道，躍震舌尖，化為虛空。彷彿梵唄，經文漂過我、眠睡中的孩子、家具及積蓄塵埃的毯子、窗簾和其他，流過我的腳底——極度疲憊使我頭重腳輕，彷彿騰空踩不著地。經文流過這一切；一切的一切。

彼時七月的熾烈日光流瀉於安靜斗室，即使只是文字，地獄圖景卻清晰立體，讓我暫且忘了憂鬱愁苦。否則我總以為地獄不過如此：失去睡眠、哭聲輪迴、體力透支，全是永夜的炎燒火獄。此時，描繪著熾烈鮮活地獄圖的地藏經，讓我忽略下體濃赤的血及胸前白色的乳——兩者皆困縛我於晝夜。遙想更大的苦難是否令此身暫獲鬆綁？記得孩童時期的我每至宮廟中，牆上大幅地獄圖總魘著我：枯瘦身軀、腫墜腹部、焰、火、煙、滾沸油鍋、亮晃晃的刑具、遍地噴灑的血如此燦爛，鮮明的畫面彷彿附帶了聲響：刀鑊鏗鏘，滾水湧沸，掛著爬著掙扎著的殘軀破體嘶吼、呻吟著，我不敢看又悄悄張望，急急走過卻頭暈目眩，沒想到成為母親後的頭幾個月，我以聲音召喚地獄圖景，同樣悚然之餘，竟給我莫大安慰，穩住我隨時崩潰的意志。

4

成為母親，寫字變得艱困，愈是如此，我愈渴望閱讀，渴望書寫，若不讀不寫，反倒是對自身的不忠和背叛。

曾有段日子，每天四點即醒，醒了之後開始讀，讀完之後盡情地寫，寫到八、九點市聲鼎沸，再睡回籠覺。青春的我浪費多少時間在愛和美和痛，每次的迴旋衝撞都是傾盡身心的浪擲，寫得既痛又快，寫得痛快。

幾年後的行旅，閱視多人眼目，他者肉身經驗烙印於自身，太多生猛而刺激的體驗撞擊生命，眼耳鼻舌身大開大闔，驚險萬分卻也瑰麗萬分，彼時覺得毋須再寫，至少不再積極動筆：為什麼要寫呢？最奇美最熟成最動魄的已寫進肉身，銘刻於呼吸片刻。然後，懷疑起書寫的價值。彼時我獨行於充滿塵沙的異地街巷，來到一個又一個身形殘缺、與死亡搏鬥的他者面前，目睹他們攤開身體大書——裡頭寫滿了殘酷但堅實的真理，悚然、流淚、畏懼的我反覆質疑書寫的意義，不斷自我駁難：為什麼要寫？寫下這些是為了什麼？宛若視覺暫留，將我一次又一次帶回憂戚面容和衰毀肉身的現場。惶然離開書桌，離開迴旋的文字和修辭，我停止書寫，甚至連隨筆都沒有。我真的停了下來，覺得不寫其實也沒什麼不好。

於是，在加德滿都浪遊的我和K，某日穿過雜沓人聲躲進日本小館，喝茶聊天，無聊得發悶，竟敞開兩人的錢包，一張一張數著皺而軟而綿（那必然吮盡眾人的汗澤體味）的鈔票，將銅板分類疊起，煞有其事擺滿了整張桌，彷彿我們是土豪。總記得這樣的下午；好多類似的下午，我們天南地北地聊、抽菸、聽搖滾樂、讀書，時光簡直就像快餐店裡的免費無限暢飲。青春和愛也是，我們不顧一切開著任其流淌，流過幾多晝夜。

然而，當奢華的時光真正離我遠去，我卻想寫，想從襤褸時光中找尋絲毫可憑藉，可依恃，可俯仰。書寫，助我從盲昧而瑣碎的深海中透脫出來，從全然圍繞著孩子的專注中鬆懈下來，暫時找尋所謂的「我」：我的價值，我的存在意義。原來我還是挺在乎我自己的吧？如何定義自己？「我」不是那個頭髮蓬亂、衣著邋遢骯髒的母親，「我」該是那個坐在書桌前，一盞燈，一本書，在空白的扉頁開啟靈感的，寫字的人。

當孩子入睡，我捧著微薄的時間回到書桌。這是安靜的獨處時刻，是梳理紛雜思緒的時刻，是我凱旋回歸主體的時刻，是忠於自身並攬鏡凝視的時刻。我珍視如斯時光。即使孩子的睡臉宛如天使令我貪戀，但我毅然離開甜美的熟睡，回到書桌前，深呼吸，鍵入文字。有幾次手指甚至因過度興奮而顫抖。

母職的另一項訓練：珍惜能讀能寫的時刻，永遠無法得知下次是什麼時候。像死亡催逼，在孩子睜眼之前——那意味著餵奶、換尿布、洗拭、龐大家事的輪迴，我翻開書，寫下幾個字。這幾個字彷彿鏡子，迴照了我的五官和表情，疲憊和狼狽。每個字忠實且不帶批判地承接我的情緒、分裂和眼淚。

5

然而，閱讀和寫作，在月子期間是個禁忌，勞神傷眼，耗神費力，剛成為母親的女子需要全然的休息。事實上，大多數的女人既渴睡又無法如願，像幽靈徘徊於晝夜之間，即使如此，所有育兒手冊皆如此建議，引經據典，專家者言。這對親自授乳的母親何其困難，幾乎是天方夜譚了，於是我略過這些不切實際的漫想虛言，任性地讀起書來——畢竟這是我在重重限制下僅剩的任性。

那時能撫慰我的反而是Charlotte Perkins Gilman的《黃壁紙》。作者長期為精神崩潰所困擾，求助於精神科醫師，醫師建議她休息療養，一天動腦最好別超過兩小時，更嚴厲地告誡她：「這輩子絕不能再重拾紙筆、畫筆或是鉛筆。」小說中，女主角在產後也被暗示不該寫作，她的先生約翰說：「為了我好，也為了我們的寶寶好，當然也是為妳自己好，請不要再讓那想法闖進妳的腦袋了。」她只好瞞著先生寫，儘管不知道寫這些東西幹嘛，但她堅持要「找到方法表達自己的感受與想法」，因為「這是何等的紓解方式」。

是的，我讀《黃壁紙》，看產後憂鬱的女子如何定睛凝視黃壁紙，那蔓生、搖晃並充滿魅惑召喚的壁紙圖案，在女人危脆的心緒中爬行，親暱又危險。最終，瀕臨崩潰的她幻化成一頭爬行的獸。坦白說，看著這個被創造於一八九一年飽受折磨的女子，狂烈橫行於眼前，即便當時距離這時空如此遙遠——二〇一二年夏天，產後的我終日面對一堵白色牆面（而非黃壁紙）——還是覺得被安慰。

6

每次和朋友說起我在月子中心修改論文的經驗，聞者皆甚感驚訝。

記得生兒子楠前晚，我和梓潔在紀州庵談《此身》，返回娘家途中，收到「修改後再審」的信件通知，雖然緊張了一下，但心想離預產期還有三週，應足夠我修改，當時還跟肚裡的孩子私語：「再待三個禮拜喔。」凌晨三點半，朦朧間羊水破了，驚嚇之餘喚醒母親，坐上救護車一路呼嘯奔回臺中生產。隔天在月子中心，趁母親不在身邊時，趕緊連絡助理和同事協助印期刊論文、去圖書館借書，祕密送來月子中心，然後抓緊時間，修改論文，十分鐘也行。

當家人敲門，我大喊等一下，速將筆電、論文、書籍收在衣櫃底層的抽屜，稍加打點，等他們進來時，能安心地看到一個蓬亂著頭髮、著連身長裙的女人，歪在床上，認真地鬆懈身體和心智，並將桌上的湯湯水水灌飽腸胃，準備下樓餵奶去。這時如果看書恐怕會驚嚇到我媽。當我將這段記憶貼在臉書上時，也是過來人的學姊提到，她也在月子期間看書寫論文，母親恐嚇她「小心眼睛瞎掉！」學姊衝口而出：「瞎掉也要寫。」只能說非常壯烈。

於哺乳、斷續睡眠中艱難完成後，回覆修改後論文說明最末，淡淡加上「在月子中心完成故不甚周延」（此篇論文是否因此而順利刊登亦不得而知）。

月子期間這樣拚命改論文、寫作，不知是否鑄成了產後憂鬱的因，從月子中心返家後沒多久，我常處失眠、焦慮和恐懼中。

當時以為已養了一個孩子，第二胎絕對沒問題，但沒料到同時照顧兩個年齡相近的幼兒著實將人逼瘋。有段時間，我凌晨三點醒來餵兒子，半小時後躺回床，不到兩小時輪女兒醒了，夜半啼哭，我起身摟她哄她，矇矓間我倆又睡去，恍惚間又聞兒子泣聲，我睡眼惺忪，下床將他從嬰兒床抱到大床哺餵。哺乳手冊建議：側臥姿勢可邊睡邊餵，讓產婦充分休息。事實上我無法安眠，因為孩子的用力吸吮，就像強力幫浦，聲音中透露出頑強的生存意志。相反地，我卻損耗下去，睡眠破碎如島，終致無法入睡。

夜裡，我聽著孩子的規律鼻息，只覺恐懼，憂鬱扼住喉頭，占據胸口，無法順暢呼吸。我感覺兒子就要醒了，他隨時會醒，響亮的哭聲炸開，像梅雨磅礴傾注。我豎耳傾聽，謹慎提防，準備捧著我的乳房將乳汁灌入他的嘴（那樣他就不再哭了不是嗎？）就這樣我再無法入睡，翻來覆去。

彼時正待進入潮溽的夏，夜裡突然降下大雨，又急又快的雨滴敲打於每一吋土地和物件上：公園裡的兒童溜滑梯和盪鞦韆、健康美麗的阿勃勒、路燈、人行道，這些物件有細微縫隙，但它們畢竟不是真正的容器，無法承受如此凶猛的雨。雨水將不受控制，排水道也失去作用，蟑螂和更多的蟑螂將被沖湧而出，瞬間滅頂或順著水流浮沉掙扎，所有的生和生的欲望將受到全面威脅。

雨愈來愈大，彷彿警示。然後是閃電，雷聲，狂大的風拍打著窗和窗簾。我隱約聽見兒子在哭。我坐了起來，發現才兩點。手錶的時針分針發出螢光，切出超現實的空間。下床探視，兒子正好眠。全家除了我之外全都被睡眠的光霧深深包圍，只有我無法入睡，坐在床緣彷如跌坐於曠野。但憂鬱讓一切變得擁擠，幾近窒息。

7

約莫這個時候，我開始了心理諮商，也重新開始寫。憂鬱讓我幾乎活不下去，完全無法動筆。

經過了幾次談話，碰觸到生命核心時，諮商師彷彿想到什麼般地跟我確認：「還寫嗎？」

怎麼可能寫。能活著就不錯了。

「找時間寫吧。」她提議。

後來竟發現，反倒是寫作讓我活下來。是的，是寫作。

8

翻開《創作者的日常生活》，立刻先讀 Toni Morrison 和 Alice Munro 兩位女作家，不僅因為喜歡她們的作品，更因兩人皆同時寫作並照顧孩子。

相較於書中大部分作家維持規律寫作的情況下，坦言無法規律寫作的 Toni Morrison 鼓舞著我，九〇年代她不僅是藍燈書屋的編輯，同時教授文學課，並以單親身分撫養兩個孩子長大，在忙碌的日程中，她得趁黎明或週末寫。因此，固定每日早晨五點爬起來寫，且在駕車和割草時思考，於是一面對紙便能令人羨慕地「一揮而就」。五〇年代 Munro 仍是有兩個幼兒的年輕母親，常趁著大女兒上學而小女兒午睡時「躲進自己的房間寫作」，讀至此真是心有戚戚焉。

我的讀書寫作時間正是兩個孩子同時睡覺的時候，交集起來可能只有二十分鐘，這時才有機會翻開書，開啟一個新的檔案——嶄新潔白宛如嬰兒無瑕的小屁股，令人充滿希望——進入另一個身分。稀有時刻：孩子睡了，而我還清醒。其實不確定究竟是真正的清醒，還是他們同時提早入睡令我精神抖擻：終於，我可以，我又能重返書桌，閱讀，寫作，最原始的情感交流與溝通，一盞溫暖的燈，照亮了頁與頁之間，行與行之間，照亮了我專注的眼眸與渴盼。像全身浸入滿室氤氳而水溫適中的浴池，像悄悄掩上門扉（同時安靜背對整個喧囂世界）回到斗室靜坐，像極緩但有次序地梳理著飛揚奔騰的續流，終日勞動的我終於停下陀螺般的自轉旋繞，與靈魂面對面，與自己的惻痛面對面，靜靜地凝視它的臉。

他們呼呼大睡，淌著奶蜜的獨處時光終如神蹟乍現，將我週身籠罩，光暈充滿，魔術時光。

9

有時魔術時光來得太急，令人猝不及防：ＳＹ臨時帶女兒北上，而兒子還待在保母家。保母說：「今天晚點來接也沒關係喔。」我捧著天降的自由，雙臂顫抖，雙腿發軟。

我背著書和電腦衝進喫茶館，點了特大杯的翡翠檸檬，打開書，準備進入文字，但終究無法順利進入，字句和目光間凝成一蓬又一蓬無法穿透的雲霧，如張開的傘。恐怕是太興奮，對於這意外而現成的時光；宛若清晨森林中的冰涼空氣，反讓我無法消受。終於閱讀了幾行，孩子的臉和嗓音悄悄浮現，盤據了故事，在字與字、行與行之間輕巧結下隱形的網，有效而成功地攫獲我纏繞的情思。

我讀，孩子就在眼前，我寫，孩子也在眼前。此刻他在哭嗎？他開心嗎？睡了還是醒著？會和別的孩子搶玩具嗎？他又霸著公園的溜滑梯嗎？他是否能再次成功克服沒有母親陪伴的時光？

書畢竟讀不下去了。多種即興、任意、古怪的鬼點子和計畫，一點一點飛向結在字句和目光之間的蛛網。一本書成了小墳場。我歎了口氣，迅速喝完大杯冰飲，即將到期的自由。

10

珍視能寫的時光，在疊疊累累的繁重家務之間，見縫插針般地讀，蜻蜓點水地寫。不受打擾的時光如嶄新而色澤鮮異的布匹，以稠密又光滑的質感流經指尖，然後我開始寫。不假思索地寫。

如同她們重返書桌，閃避迅速擊來的日常瑣碎跋涉至桌前，打開電腦，鍵入文字，一個字，兩個字，一個句子，皆是神蹟體現。那必然是洗了床單又曬又疊了衣服；必然餵過奶或餵飽女兒；也必然將地上的麵條和黏在腳底的飯粒清除；鍋碗瓢盆不必然已滌淨，也不必然清醒或飽食，我急急穿越汙穢油膩，無視於疲憊飢渴，如同穿行重重山徑將自身帶往桌前。無須暖身。其實不是不須暖身，而是毫無餘裕暖身，無法像從前那樣先靜靜讀一個小時、泡杯濃茶、看看天光或聽聽風的摩娑聲才再開始。

是的，我得一坐到書桌前就拚了命地寫，全不在乎修辭、文句和結構，如止不住的嘔吐那樣寫，因為隨時得停，哭聲、撒嬌、鬧脾氣等諸種孩子本事隨時將我帶離書桌，因此被迫練就隨時得寫出幾句的功夫，沒有心理準備和情感醞釀，無法重讀上文並根據脈絡，就這麼挺起精神、硬著頭皮寫下去。

11

夜裡，我突然間領悟寫作之於我的意義。我被孩子尋奶的動作吵醒，之後無法入睡，許多事情在腦中盤旋。

我是誰？我是老師、母親、妻子、女兒，其中耗費我最多心力的是老師和母親。做為老師，我得說我開始感到力不從心，社會和學校或對老師的期待（KPI、THCI、MOOCs諸如此類）、大量的行政庶務。做為母親，總明顯暴露出我的無能、被動、狼狽與疲憊，常常我從學校返家，在擁擠的公車上望著紛繁的人事景致，帶著一堆對現有教育體制和老師身分與價值的困惑，回到一個完全犧牲奉獻的角色；無論晴雨我默默返回這個衣服再無法全然乾淨、睡眠再無法完整的角色，繼續與孩子奮戰。

我被這些晝夜瑣碎的細項分食，教育及其接踵而來的事物以一種高倍速的方式將我掏空、吞沒，像是洗衣機裡飛旋的衣服，在你無思想的空檔只能被捲入再捲入，在同一個漩渦裡打轉，原地打轉。是以，寫作便顯露其必要，於我，寫作是一種抗拒、質疑、不合作的姿態，它對抗速度、質疑現狀並在每個理所當然的答案中顯出它的不服從，比起老師被要求的投入、母親被期待的犧牲，寫作與現實甚至與自身保持距離，警戒和清醒，懷疑和推敲。

難怪我渴望寫作，特別在教師和母親身分蠶食我，繳械出存在感時，我必須寫，因為困惑，因為疲憊，因為沉重，因為混亂，因為紛雜事項與孩子熱烈貼上我讓我喘不過氣。於是，在被孩子吵醒後再不得安眠的夜，月光以一種啟示的方式照入窗隙和夢境，我起身，寫下我的困惑，推敲我的存在。

——原載二〇一七年八月十四日《自由副刊》

筆記

母職（Motherhood），一向被認為不可冒犯，然而，受女性獨立意識與性／別思考影響，此一神聖光環已然開始剝落。甚至，就是由母親自己伸手將光環拿下來，渴望回到「人」的狀態，不只為孩子活，也為自己活。

李欣倫在這篇散文裡，以「她們」指那些同時擔負了育兒責任的女性知識分子。她以孟若（Alice Munro）的小說為引子，說明當女性為人妻為人母，會怎樣規訓自我，不容越軌，否則就是褻瀆了賦予女性的神聖工作。接下來，她進入親身經歷的掙扎，產後失眠、困頓與憂鬱，身體排放惡露，幼兒啼哭不止，血與乳交織著疼痛，讓她重新思索究竟「我」是誰，最後在閱讀和寫作中再度站穩腳跟，找到位置。

午安憂鬱

柯裕棻

念研究所的時候，我就開始獨居了。獨居我喜歡很小的房間，如此我可以跟那個空間完全成為一體，不感到空闊疏離。我喜歡床靠在書桌旁邊，書桌頂著窗子，因此房間裡一邊是睡眠，一邊是思考，另一邊就是外面的世界。清清楚楚地窩成一團，貓似的。

我常常睡到中午，醒來以後就靜靜坐在床上發呆。

下午的某個時間，窗外的陽光會非常淡薄地貼在白牆上，淺得教人發慌，教人擔心它再薄一點兒就瞞不了人，貓兒一踩過，就要跌下來碎了。如此淡薄的日色是一種咒，午後牆上那道飄忽而不怎麼準確的光影，就是一張沒把握的符紙，封在窗口。如果被這個迷惑了，那麼真不知道會失神到什麼境地。

那陣子我逐漸明白了一件事，一個人與世界的關係事實上非常簡單，一放手就散了，一把握在手裡的灰。那飛灰是自己。

要放開世界是輕而易舉的事。可我沒有這樣容易放過自己。

我是個容易與自己過不去的人，從小就無法輕易原諒自己的錯誤，也不容易遺忘，成長過程最大的難題之一就是必須時時忍受自己的稜角。獨居的時候，這個特性成為難以克服的磨難。自我的意義放大了，因此問題和錯誤也放大了，只要一不小心，那些長年壓抑的內在陰影就像烏鴉一般傾巢而出，在腦子裡盤旋。

有時候我真希望可以對問題視而不見，即使忘不掉，睜一隻眼閉一隻眼地活著也就罷了。「嚴以律己」是一種非常折磨人的狀態，我是我自己的母親，也是我自己的女兒，鞭策者是我，迷惘者也是我。

一個人專心發著清醒的瘋

非常少數的幾次，我在半夜裡被莫名的鬼魅攫獲，啪地打開燈，回到明亮的現實，可是那屋子卻慢慢地變成某種心靈的實體狀態，看起來陰影幢幢，每一個轉折、角落和細節看起來都像是往事的變形或是原形。那些熟悉的物體在孤單的時刻看起來別有意義，我在它們裡面看見某種破敗的危機，某種岌岌可危的人生。還有在它們之間努力存在的、微不足道的自己。

也許是日子實在太靜了，寂靜形成了內觀自省的趨力，人生的意義成為存在的主題。念書念久了，其實是將自己的人生放空，以接納並且思索那些深奧難解的理論，想多了，就分外覺得自己渺小。

一個孤單的人在腦子裡進行的對話真是無窮無盡，胡思亂想的內容像宇宙一樣漫無邊際，那些思考和主旨遠比一個蟻丘裡螞蟻深掘的路徑更複雜，閃現的念頭一個跑得比一個快，我納悶它們追不追得上光的速度。

有一段時間我開始不斷對自己說話，以聲音填滿空間，並且確認自己的存在。我養成奇特的習性，時常在腦子裡和理論交談。迷惑不安的時候對著虛空自言自語別有魅惑的特質，自言自語可以暫時將無邊的寂靜驅離，堅強的自己對著軟弱的自己命令，軟弱的自己對著堅強的自己尖叫。半夜裡發惡夢大叫著醒來時，我其實非常，非常慶幸，自己是一個人。

沒有人來煩我，我就這樣一個人專心發著清醒的瘋。

有時候我試著對自己喊停。有時候我會累得好幾天不想開口。我打算得過且過，努力與自己和解。讀書的時候就讀，寫作業的時候就寫，做菜的時候就做，吃麵確實地吃，睡覺也確實地睡。我不想再那麼累，也不想再想那麼多。天地之大，我在自己的小宇宙裡苦惱什麼。

但是說不清為什麼，狀況慢慢地不太對勁了，我沒有因此而清明，反而愈來愈像牆上淡薄的日光，飄的，空蕩蕩沒有什麼質量可以落實自我，並且一點一點往黯淡的方向飄移。我也不知道自己是病了，還是倦了，或者真就是空了。這種疲憊令人哆嗦，我想要振作精神，可是沒辦法，就是沒辦法。

我開始胃痛並且無法控制地掉眼淚，我常常一邊哭一邊念書做筆記。這樣過了一陣子，就耗弱得沒有念書的精神。一個研究生一旦沒辦法念書，漫天蓋地的恐慌就出現了，於是壓力更大，狀況更糟，精神更差，更沒辦法念書。

跑步是無涉世事的活動

開始嘔吐的時候我去看了醫生。腸胃科的醫生給我兩個建議，他說，博士班的學生壓力過大精神緊張，導致各種腸胃症狀是很正常的，減輕壓力的方法有兩種，一是定時運動，二是定時和心理諮詢約談。他笑著說，或者，兩者並行也可以。

他問我能不能養寵物。我說學生公寓不行。他說，噢，那真是太糟了。他開了藥方子，還特別建議我到學校附近的林子慢跑。他認為那是個好法子。

這時我已經拖過一個春天和夏天，時序已經入秋了，那片等著我去慢跑的林子歪斜而寥落。

我非常討厭跑步。我每跑一步都心生厭棄，彷彿在踐踏地球。跑步是無涉世事的活動，風塵僕僕的孤獨。雙腳依著本能往前跑去，腳步聲規律而且空洞，它的概念是將世界甩在腦後，留著汗回到原點。速度使人獨一無二並且與環境脫離關係，路邊凋零的景物像雙頰上的風一樣一去不回，喘氣彷彿是放大了的歎息，只有自己聽得見，只有自己知道它的意思。我無望地跑著極其無聊的速度與途徑，落葉在腳下輕易碎裂，前方沒有什麼特別的東西等著，像人生。

我討厭跑步的邏輯：跑到某個定點我就得自動折返，否則可能因過度疲累而回不了頭。這是空間的循環和體力的損耗，一切的風景都不重要，只要快速地經過，將它置之腦後就行了。有時候我希望人生也可以如此。跑完之後我通常更加感到絕望，像秋收後的兔子，在薄暮的林子裡呼著白霧徬徨。

我想，需要獨處的人應該跑步，但不是我。

幾次之後我就放棄了，繼續在家裡消沉，往黑暗的深淵沉沒幾吋。但是我心裡非常明白，再這麼下去不但不可能有出路，恐怕連人生都要賠上了。

每天我近午才懶洋洋睜眼，躺在床上看著窗外無聲的雲，試著喊一聲，確認已身所存，慢慢起床。我每天在這個時刻下一次決心，改變自己。

我從衣櫃底層找出游泳衣和球鞋，買了兩套韻律服和幾雙運動襪。中午到學生運動中心游泳一小時，然後上圖書館念書，黃昏又回到學生運動中心參加五點到六點的韻律課，然後再回到圖書館念書，清晨睡前做仰臥起坐。

做這些事全憑一股幾近瘋狂的意志力。特別是高能量進階韻律課，那運動激烈得生不如死，第一個月我得咬著牙關才能做得完，最酸痛的部分除了膝蓋和腳踝之外，就是咬緊牙關的下頦骨了。滿場視死如歸的研究生看上去是一隻殘兵敗將的隊伍，每個人甩著七零八落的腦子和四肢奮力跳著，真不知道這麼猛烈的戰役是和人生拚了，還是和念不完的書本拚了。

當身體劇烈活動並且疼痛的時候，存在感明確，心裡就不那麼空虛。我開始感到有氣力可以和諮詢師談談，至少我有了訴苦的精神和意願。

然後我就去談了。

某一天沒有雪，我便提早到了。他站在窗前，面對窗子側身對我說，「噢，午安，請坐。我們今天提早了。」

他正對著窗子的倒影打領帶。窗外的林子又空蕪又凌亂，映著他薄薄的靈魂。

我沒有立刻坐下，只是盯著他看。他問，「我們如何了？」然後雙手做了一個收束的動作，將領帶扶正。我沒有回答，只是繼續望著他的領帶。

諮詢師發現我看著他，遲疑了一秒，然後彷彿什麼也沒注意到似地，又問了幾個「我們」的問題。但我想他其實已經發現了，他露出了破綻。

那是我第一次看見父親以外的男子在我面前打領帶。這是非常神奇的一刻，我彷彿看見了不該看的東西。打領帶是一個男人從私領域跨入公領域的最後一道轉換手續，看見他打領帶，就彷彿見到了他從赤身露體穿戴作戰的盔甲。我撞見了這樣的片刻。

幾個月來他清朗堅定淡若浮雲的形象，剎那間消散了。他成為人類。

我問：「我是你今天第一個學生嗎？」他說是的。「那麼你早上不見學生嗎？」他說不，他一向不在早晨見人。

接著，他逆轉話題，「妳呢？妳最近如何？」

這是一個分隔點，他終於不再說「我們」了。

我想了想，說：「其實我不需要有人聽我抱怨，我比較想知道的是，你如何能夠每天下午進到這個辦公室來，坐在那裡五個小時，聽我們這些學生抱怨瑣事呢？你日復一日在這個陰暗的小房間裡聽他人的困擾，這個工作使你疲憊嗎？你是否曾經厭倦過我們並且希望我們全部下地獄去嗎？你從不會想要站起來對我尖叫並且叫我滾出去嗎？你如何看起來平靜如此？我不想再說自己的困擾了，我想知道你如何解決你的困擾。我看得出來，你自己過得並不好。你的狀況比我還糟，不是嗎？」

諮詢師的臉又更黯淡了些，他看看他手上的資料表，確認我的主修和背景，翻翻他之前做的筆記。笑笑，闔上他的筆記，放到一旁。他略將身子往前傾，看看這裡看看那裡，想一接近耶誕節之際，天已經冷得沒有雪了。我依舊天天去圖書館，天天去活動中心運動，在酷寒中走來走去，把左耳都凍傷了。

終於有一天我打電話去取消星期四的會面，因為學生保險的配額次數已經用盡了，而且我感覺自己正在漸漸好轉。而且，風太冷了，我不想再走那條凋蔽的小路。而且，我在他臉上看見我亟欲閃躲的命運。我害怕他的黑眼圈、空洞的眼神、凹陷的臉、恍惚的言詞裡閃爍的焦躁。病人總是殘酷而現實，我只要自己活下去就好。

沒有去諮詢的星期四下午我在沒什麼人的咖啡館念書，這一天是陰的，有風雪的預感，我一邊念書一邊窺視窗外的天色，整個下午念了幾個零星的句子，不斷猶豫著是否要收拾書本回家。

我看見諮詢師經過，在門前舉棋不定，然後走進來。他在櫃檯點了一杯什麼，找位置坐的時候他看見了我，我點頭致意，他猶豫了一秒，淡淡笑一笑，坐了一個離我很遠的位置。

我收拾東西離開的時候經過他的桌，他叫住我，讓我坐下：「希望妳不會因此感到困擾。」他說。

「困擾什麼？」

「許多人不希望在生活裡與諮詢師碰面打招呼，因為那樣便洩漏了他們的狀態。」

我笑著說：「噢，不會的。在這個城裡沒有人會在乎我的狀態。這種規矩是你的職業道德嗎？」

「恐怕是的。」

「相當孤寂的職業啊。」

「因為這職業處理的是人的孤寂。」

我們聊了一會兒，始終無法像正常人那樣講話。我們的腦子積著烏雲和風雪，每說一句，就多一分躑躅和踉蹌。這終究是星期四午後的會面，誰也不能拯救誰。

我試著問他：「你自己的狀況呢？」

他比什麼都淡漠地回答：「噢，也就是那些問題，一樣的。」

後來我沒有再遇見他，任何角落都沒有，於是他就從我的人生消失了。

這也是某一種人生的踉蹌。

這是一則真實和虛構混合的故事，真實的部分紀念那些風雪，虛構的部分紀念那城。

——原載《甜美的剎那》，大塊文化

筆記

獨處，在遙遠、低溫的地方，終於到了必須向陌生人談論心靈與生活的地步。柯裕棻寫，「一個人專心發著清醒的瘋」。我們的憂鬱，可能從一個訓練有素的陌生人那裏得到解方嗎？這個訓練有素的陌生人，專處理他人的孤寂——他也是人吧，他的孤寂呢？能自行處理嗎？

固定運動，固定找諮詢師談。前者必須靠意志力支撐，後者則讓孤寂者有機會瞥見了另一個人的孤寂，活著的辛苦，從另一個人臉上清晰見到時，反而更不容閃躲。和憂鬱搏鬥，就像每日穿過風雪嗎？冷是銳利的，一針針刺進臉面。這篇散文不是為了告訴我們憂鬱怎樣好起來，而是那個始終清醒的過程。

偶像包袱

黃文鉅

瀏覽太宰治某些作品，會發現他動不動喜歡自我調侃。曰調侃，倒不失些許誠懇。自戳大腿般的戲謔背後，隱藏著孤芳自賞的任性與孩子氣。世間鮮少有不接近神魔自持的大藝術家。他們蕩然在自己的宇宙，恆常是自轉、自醉而自戀。那是他們創造力的根莖葉，無須光合作用，便可繁花燦爛九重天。

隨便舉一例。在小說〈八十八夜〉裡，身為作家的主人翁笠井缺乏靈感，在家蹲不住，滿腦子想著外出旅行透透氣。他突然想起，一名還算熟稔的老相好在下諏訪的溫泉旅館當女侍，便起意動身，也沒特意打扮。下榻時，老闆娘面色如鐵請他相熟的舊女侍帶路。走在和室地板上，他老兄內心戲上演了，「錯不了，那是這間旅館最差的房間。笠井相當沮喪，心想八成是自己穿著寒酸，木屐又髒，對，一定是服裝的關係。」原以為會因服裝寒酸被帶去地下樓層的下等房，不料隨著女侍的腳步直登二樓，眼前豁然開朗，是附有景觀露臺的上等房。

故事還沒完呢。住進旅館接下來，泡了溫泉，吃了美食，無意間邂逅了另一名女侍（果然風流，真不要臉）。這位新女侍對大作家有所景仰，某天藉故來他房間搭訕，聊著聊著，天雷勾動地火，好死不死，舊女侍恰巧在這節骨眼推開了和式門，想問他何時退房？不料遇上新女侍杵在一角，三人當場無語，氣氛降到零下幾度C。主人翁尷尬無地自容，說自己馬上就要走人。

太宰治用盡了各種傳神的形容詞，描繪主人翁崩潰的心境：「無可非議的醜態男」、「油油膩膩，泥淖混濁，難堪至極，啊，我永遠不是少年維特了！」「我徹底被浪漫放逐了」、「懊惱得直想跳腳」、「滿心懊惱、泫然欲泣」、「很想直接裝死」、「很想直接變成石頭」、「徹底成為尿糞寫實主義」、「我好想咬舌自盡」、「永遠無法當紳士了。我連狗都不如。少騙了，跟狗一樣。」

真是夠了，無可救藥的偶像包袱。好色、可恥又可恨的男人，心底永遠有一座行動小劇場，無時無刻上演著老派內心戲。

記得〈東京八景〉裡也有類似的描寫。女侍把主人翁帶去窮酸的房間，令他當場餒然，覺得自己被人看輕了，或許是衣著寒酸之故，還差點不爭氣掉下眼淚。

看到這兒，大概可以發現，自棄厭世的男子，未必衣衫潦倒，哪怕活要門面，死也要體面。關於衣著品味，太宰治專門寫了兩篇稿子〈時髦童子〉和〈漫談服裝〉，跟張愛玲〈更衣記〉有得拚。張愛玲曾說，「衣服是一種言語，隨身帶著的一種袖珍戲劇。」把此話穿套在太宰治這般動輒上演小劇場的男人身上，恰如其分。

高中起，太宰治便是時尚愛好者，一逕追求瀟灑和典雅的穿著風格（恐怕跟他讀法文系、喜愛法國文學有關）。戴華麗的格紋鴨舌帽。純白色法蘭絨襯衫（袖口貝殼鈕扣請家中女傭多縫一顆，有意無意從袖口露出來讓人瞥見，誠如女性穿調整型內衣，擠出事業線增添性感）。日式短褲。長襪。高筒黑皮鞋。披風。寧可凍死絕不穿顯得臃腫的毛線衣物。俗話說，愛漂亮不怕流鼻水，此話不只適用女人，也適合形容裝模作樣的男人，「叫他穿著發白的舊浴衣，腰纏破損的腰帶去會情人，他寧可去死。」

儘管對裝扮吹毛求疵，卻往往弄巧成拙，成不了風流雅士，遂只好自暴自棄，不如簡約為上，到後來矯枉過正，不捨得把錢花在治裝（寧願買酒喝個爛醉）。比如大晴天裡穿上橡膠長筒靴，被朋友笑稱標新立異，「我自認已躲在人生的角落盡量低調了，但別人卻不以為然。」流行時尚太過無常無情，每一場換季都是大風吹，原本渴望吹皺一池春水，眼睜睜卻是，蝴蝶飛不過滄海。

有回太宰治身穿羊羹色、近似柿紅色（而且塵封多年微褪色）的毛料舊和服，偕朋友去阿佐谷的酒吧喝酒。渾身不對勁，說起話來鬱鬱寡歡。酒過三巡，朋友發了酒瘋，他害怕被老闆趕出門，心生一計來個「假打架真勸酒」。不料朋友弄假成真動了怒，害打人的他被老闆轟出去。他氣急敗壞，把所有過錯怪到這身醜衣裳，內心喃喃，假如穿得像樣一點，老闆或多或少會肯定我的人格吧，我就不用平白遭受這等羞辱了。他如此狼狽，又如此憂傷而氣餒著，踏上了歸途。

龜毛自戀的男人，成家多年後，仍在每年換季時分，仰賴故鄉津輕的老母替他寄各種衣服來東京（因為窮）。最常出現在他小說裡的自我形象，是身著華麗的大島碎白花紋的加襯和服，繫上整條絞染的棉料腰帶，頭戴粗格紋鴨舌帽。

還有一件岳父留贈的遺物，是銘仙製的絣單衣。頗怪的是，每每穿上此衣出遊，鐵定會下大雨，還曾遇過大洪水（原來雨男是你）。他還有過一雙絨布草屐，穿起來滑溜溜不吃腳，走起路痛苦萬分。他也考慮過拎一根拐仗閒散漫步，很適合頹廢無賴的作家風。但以太宰治一七〇公分左右的身高，半高不低的，拎枴杖反而重心不準彎著腰，嫌太累贅，壓根襯不出筆挺流線的歐洲紳士風。

太宰治不太穿西裝。看他遺留下來的老照片也鮮少見到此類裝束。因為身高，很難買到現成合身的尺寸，得訂作，然訂作太貴，他苦笑，要他花錢投資西裝不如叫他從斷崖投身怒濤而死。「衣著對人心的影響很是恐怖。」一歷盡千辛萬苦，他總算得出了結論。

如果有人問，搭時光機回到太宰治的時代，會送他什麼禮物？呃，我我我……我有點想……送他一支……電動牙刷！因為我挺關心他的刷牙頻率。推測一定有嚴重蛀牙。牙齦萎縮。牙周病。年紀大又不保養，戴假牙也沒用。

我記得他寫過一篇〈容貌〉。文章開頭抱怨自己原本臉就不小，近日臉赫然又大了一圈。他無奈怨懟世間的美男子，通常臉蛋小巧端正，於是對於臉大的自己深感無奈，流露自憐口吻。

在小說〈正義與微笑〉裡，主人翁是一名缺乏自信的高中生，某次與哥哥相偕出遊，夜間同寢時，他突然欣賞起哥哥的臉龐，膚色淺黑、帶有陰影而且長得像普希金，鼻子也有骨感。反觀自己的臉，又白又平坦，面頰紅潤，缺少沉鬱氣質，鼻子渾圓隆起，難看死了。原本自慚形穢的他，轉眼卻因哥哥一句「你是個美男子」而獲得了救贖。

結果他得了便宜還賣乖，說道：「如果我是絕世美男子，反而會對別人的容貌沒興趣吧。面對長相醜陋的人，應該更寬大才對。可是像我這樣，非常不喜歡自己長相的人，在意別人的容貌又有何用，只會讓我憂鬱，耿耿於懷。……我的臉，完全沒有精神性的氣質。簡直像一顆蕃茄。」

到了小說結尾，主人翁終於考入心儀的劇團當上演員，對容貌更不容怠慢，「我實在看這張臉很不爽。簡直像乾癟癟的瘦皮猴。今後，我必須每天早上，用乳霜或絲瓜化妝水，來保養我的臉。」哎，實在是，內心戲有點多。

上述〈時髦童子〉發表於一九三九年，〈正義與微笑〉發表於一九四二年，後來太宰治的服裝品味從流行轉而保守，故事主人翁在大學開學典禮前，訂做西裝，「我訂做了保守款，而非流行款。穿流行款的學生走在路上，看起來腦袋都很差，所以我不要。穿著樸質款學生服走在路上，看起來像高材生。」前後品味的落差，不言自明。

太宰治在許多文章中都提及，人近中年後，牙齒殘缺不全，想必是酒喝太多，喝醉倒頭便睡，幾乎懶於刷牙吧。如果有女人靠太近或跟他接吻，是否會馬上聞到口臭（眼神死）。轉念一想，如此還不乏美麗女士倒貼，不惜賠上性命殉情，鐵定是真愛（或鐵粉）了吧。

比「人生試金石」更高境界的，或許是「人生試口臭」。

真感慨。回顧剛出道的太宰，是那樣意氣風發悠然自持，他不無沾沾自喜寫道：「大學也有足以與我匹敵的男子。」「經過金色鏡框鑲嵌的鏡子時倏然一瞥。我是個從容不迫的美男子。鏡子深處，沉落一尺寬二尺長的笑臉。我找回心靈的平靜。充滿自信，猛然揮開細棉布簾。」約莫同時期的〈狂言之神〉也自詡「酷似歌德的俊秀臉龐蒼白如紙」，穿著鼠灰色風衣的修長身影「竟與年輕的波特萊爾肖像唯妙唯肖。」

哎呀。身為一名色藝俱衰的男子漢為何還不好好刷牙呢？可憐吶。愛之深，慨之切，我真不知道該說什麼才好。

——原載《太宰治請留步》，時報文化

筆記

太宰治，傳奇般的文青之神。黃文鉅剖析太宰治以及他小說裡的人物，他們嘮嘮叨叨談論外貌和服裝，看似厭棄實則自憐，集自卑與自戀於一身。一方面，敏感於社會如何冷淡對待，將這份冷淡歸諸於自身看上去不夠體面；另一方面，卻也彰顯了他（們）如何汲汲聚焦於自體，無限放大自我，狂刷存在感，和當代網路文化或有可對話之處。

而文章裡的無數括號，則是敘述者忍不住發出的嗤笑與慨歎，當代讀者和太宰治的雙簧，同時也是這篇散文再往內一層的困惑：敏感之人，連灰塵也可以使他受傷，是否往往會變成這世界的笑話？

後玻璃時代

廖梅璇

小學自然科考到物體三態，常出一道選擇題：玻璃是（1）固體（2）液體（3）氣體？多數學生都飛快選了（1）。自然老師公布答案時，望著一張張訝異的小臉，說玻璃雖然冷而硬，卻是流動得很慢的液體。他指著教室的玻璃窗，叫我們湊近觀察。我的母校有百年歷史，校舍相當老舊，老去的玻璃落下一道道淚痕。看我們懾於時間的威力，露出一臉敬畏，老師方才滿意地笑了。

長大後我才知道，也有人將玻璃定義為熔融液體在過冷固化後，沒有形成結晶的固體，至於所謂玻璃的淚痕，究竟是玻璃流動的跡象，抑或工藝不精的結果，則眾說紛紜。我深深著迷於玻璃的曖昧性質，它冷卻後能定形，分子排列方式卻接近液體，讓我想起像我這樣長期進出醫院的憂鬱症病患，經歷精神熾熱灼燒後，倚賴著藥物或諮商治療逐漸降溫，但在平靜的外表下，內心恆常騷動著，永遠只是趨近穩定，而非真正穩定。我稱這是我的「後玻璃時代」。

在漫長的冷卻過程中，憂鬱症已不是一個外來附體的邪靈，它像添加在玻璃原料矽砂裡的金屬，加入鈷就燒出藍色，加入銅的氧化物便燒出青綠，融解在內裡，成為我的一部分。我認同自己是憂鬱症病人，能辨認出憂鬱症在病人臉上蝕刻出的樣貌，熟悉病人彷彿裹著一層帶電絨毛，微微顫抖的嗓音。玻璃透出黯沉黑紫，疾病的顏色遍染我的世界。

憂鬱症宛如戀愛，宛如災殤，宛如至親的死亡，發生的當下煙塵轟鳴，過後才能憑藉痛楚定義。大學倒數第二年，我搬到離學校一個多小時車程的土城，每天通勤必然塞車，下班尖峰時刻有時甚至浪費三個鐘頭堵在中永和馬路上。我常望著窗外，車燈如鑽石壅塞成閃爍川流，但公車行駛到我下車的地點，往往只剩我一人，踏進空曠的黑暗。我不知道日復一日的孤獨是憂鬱的引信之一，只覺得腳下寸土彷彿被抽開，一身痠疼肌肉懸浮在半空往下沉，將我拖曳進深不見底的虛無。

我記得是在通勤時，遇見那個女人。那天我從公車後門一上車，就瞥見護欄後有一個空位，如獲珍寶般旋身坐下，無暇思索在放學學生肉貼肉擠滿走道的公車裡，為什麼會空出一個位置。轉過頭我一愣，鄰座一位中年女子咧著嘴，對著前方痴笑，玫瑰紅洋裝領口外的胸脯沁出點點汗滴，手裡攥著一個老式珠繡包，一手插進包包開口，塗滿口紅的嘴唇輕聲說著：「殺……殺……殺了你……」我再回過頭，全車學生擠在我們一肩之外，眼睛像密密麻麻的監視鏡頭，緊盯著女人一舉一動，像注視一顆未爆彈。

起初我只敢用眼角餘光覷看著女人，隱約看到她插在珠繡包的指間泛著金屬光澤，過了半晌，我認出刀柄與一小截刀身，那是一把刀子。我感到有些暈眩，又忍不住想笑。亮堂堂的白天，在臺北公車上，一個穿著豔麗的瘋女人拿著刀子，就坐在我身邊，與我一起隨著公車顛簸。馬奎斯小說裡的魔幻場景猝不及防閃進我的生活，彷彿是我內心的孤獨，召喚出可以反覆說嘴一生的奇譚。

女人握住刀柄的手指很穩定，我索性放膽觀察她。她一直小幅度搖晃著上身，黑眼睛凝視著前方，嘴裡顛來倒去唸著：「殺……殺……」嘶啞的聲嗓意外透出童稚意味，像孩童裝扮成海盜，拿劍對著想像中的敵人胡亂揮砍示威，她活在另一個世界裡，外在的喧囂沾不上身。忽然之間，我混亂的頭腦變得異常清晰，彷彿指甲刮開了銀粉，確定我要繼續坐在這個位置上。我卸下背包，往後靠向椅背，渾身肌肉鬆懈開來。

這下學生們恐懼的眼光轉向我，大概在他們眼中，敢於跟瘋子同坐的人也一樣不正常，但青少年黑晶晶的眼睛又流露出另一種欲望，似乎期待發生一些失控場面，例如同類相殘的血案，好讓他們一展英雄氣概，調劑無聊的日常。他們熱切的眼神比女人更令我不安。到了下一站，公車一停，前門湧進一波人，把中後段人群往後擠，層層逼到我跟前，內圍幾位顯然不願意與我們貼得這麼近，紛紛把書包轉到身前抵禦。我瞄了女人一眼，她仍然搖擺著身子，沉浸在自己的節奏裡。想到現在我和她在他人眼中成了「她們」，我對她生出一絲親近。

過了兩站，公車再停靠時，女人突然停止搖晃，起身繞過我和閃避不及的學生，變魔術一般跳下了車，動作靈巧得不可思議。人群還沒回過神，已經有人從前面擠來，迅速填滿空位。學生們兩眼直追著來人，眼見我對坐下的乘客沒有反應，便對我失去了興趣，轉頭跟同伴聊天。新的鄰座貌似是上班族，臉部輪廓被疲累磨損得有些模糊，冷漠的表情顯示他一切正常，就像周遭的通勤人群，都有目的地等待著他們，沒時間孤獨。越過他的頭，我目送著窗外一叢紅玫瑰急急走過街景，直到她被公車甩出視線外。

後來我有些納悶，那時怎麼不怕精神病患，堅持要坐那個位置，不久也就忘了這回事。十多年後，我成了精神醫院的資深病患，長期服用固定的藥物，穩定過去起伏劇烈的情緒，慢慢能夠出門，模仿所謂正常人的神態，與人談笑，彷彿易筋洗髓，忘了疾病發作時深沉的絕望。我告訴自己，我笑得很好。

再度想起與我同車的持刀紅玫瑰，是在去年到精神醫院定期看診時，我在接駁車上遇見一個女孩。女孩大約介於二十後半到三十歲，微胖的臉龐沒有表情，長馬尾頂著大蝴蝶結，繡著卡通貓臉的臃腫毛衣外套下，藍長褲和磚紅娃娃鞋間露出一截蒼白小腿，一般阿嬤替小孫女挑揀的過時大齡童裝穿在她身上，有種大布娃娃僵癱的恐怖感，是候診室常見被家庭壓力擠榨至發病的年輕女性典型，只是這類病人通常都有母親陪在身旁，緊緊挽著手臂，像個溫柔的獄卒，她卻一個人來看病，一個人離開。

我在她身旁坐下，聽清了她的自言自語：「對不起……我不像哥哥那麼厲害……對不起……對不起……」她微弱的聲嗓像落雨抽泣，淹沒在車內嘈雜噪音中，但她不在意，她的語言不是說給旁人聽的，而是說給想像中傷害她的親人，與被傷害的自己，即便家人不在身邊，她仍然困在無形的肘彎裡，兀自痛苦著，外在的喧鬧無法觸及她，愛與善意也不行。

那一刻我想起多年前公車上的往事，剎那間明白了為何我不怕那個帶刀的瘋女人。

儘管當時我還沒有病識感，我已經擁有精神病患的特徵，能感受其他精神病患心理的顫動頻率，不但不畏怯他們如影隨身的黑洞，反而激起我靈魂的共振。我隱約意識到，常人眼裡潛藏著失控危險的精神病患不是他者，是我未來的同類。精神病患之所以為精神病患，在於我們能憑直覺辨認出我群，安靜吞吸著氧氣，不驚擾各自的地獄。經過十多年治療後，我終於能從憂鬱的黑洞中暫時抽身，檢視當年的自己，領悟到這原是我未曾察覺的預兆，疾病的開端。

這個自我覺知是否來得太遲？我不知道，在憂鬱症發病之前與之後幾年，我都無法把自身感官的波濤當成外物來認識，總是當徵狀過去，我才能回頭指認。在流逝的時間裡，無限的青春是癲狂，有限的人生是止水，我在有限中認知到無限，但就在指認的那一瞬間，青春已隨癲狂消褪，徒留斑斕霉綠在止水中。預兆無法阻止災厄降臨，意義永遠後延又後延，直至後玻璃時代。

但也正是人生來到後玻璃時代，我的心境才平靜到足以追溯憂鬱症的意義。倘若把憂鬱症從我生命中剝離，就像剔除矽砂裡的金屬元素，我或許會有一個一覽無遺的剔透人生，每件事都在預料之中，卻失去了有色玻璃獨具的詭豔色澤。

我回憶起很久很久以前，那個自然課上，跟著同學擠向教室玻璃窗的小女孩，她睜大眼睛，驚奇地盯著玻璃的淚痕，她會長成一個憂鬱症病人，她會成為我。無論有多少預示，我終須活著遭遇這一切，最終時間才會揭露，命運的謎底。

——原載《當我參加她外公的追思禮拜》，寶瓶文化

筆記

玻璃看似冷硬，其實是流動得很慢的液體，於是，敘述者在年幼時，看見了百年校舍的老玻璃上，真有淚痕。固體與液體之間的曖昧性，讓她感覺如憂鬱症病患的內在，精神高熱灼燒，靠藥物降溫。

全文以玻璃的物理性質為比喻，書寫自己與陌生人的憂鬱。公車上的女人，候診室裡的女人，精神紐結在一個點上，各自有她們的瘋狂。長遠來看，憂鬱症者是否也像一塊流動得很慢的玻璃？也許不夠剔透，也許充滿痕跡與迷霧。可是，對長期病患來說，憂鬱症已經是與之共生、難以剝離的存在。

第一件差事

詹宏志

副刊主編上司歪著頭沉吟了半晌，小心翼翼打量著我，用著半是命令半是請求的口氣：「古龍那邊就由你去連絡，想辦法一定要叫他給我們寫稿子。」

那是近三十年的舊事了，西元紀元還在七〇年代，我剛剛來到當時號稱臺灣最大的報社上班，工作職位是副刊的助理編輯，官位還比不上孫悟空初在天庭上班的弼馬溫，但我大學還沒畢業，課餘工作還能擁有全薪的正職，算是際遇不錯了。

副刊上司任副總編輯職的主編，本來是一位大詩人文學家，也是知名的老經驗文學編輯，但來到報紙副刊工作後他也自我調整了不少，他知道副刊工作不能全從文學的角度去思考，讀者大眾的各種口味都必須照顧，社會上新興的文化流行也是應該回應的重點。

那時候有什麼文化新流行？邵氏出品、楚原導演的武俠電影《流星、蝴蝶、劍》和《天涯、明月、刀》剛剛在港臺各地掀起一股旋風，連不愛看國片的大學生都染上瘋狂，說話也模仿起電影對白。不用說，本來已經有點落寞的武俠小說原著作者古龍，一夜之間鹹魚翻身，重新成為最熱門的作家。

我的主編上司考量再三，覺得有必要爭取古龍來寫一篇新的武俠小說連載，把那股社會流行風潮引到副刊裡來。但他卻面臨一件尷尬的事。

原來，不久以前，這個副刊本來就有古龍的武俠小說連載，但大作家常常脫稿斷稿，紀律不彰，加上也不是太受歡迎，我的主編上司忍痛腰斬了小說連載，當然也就得罪了大作家。這次重新邀稿，想到開口就覺得尷尬，主編因此打量了我半晌，才決定把任務交給這位新來的小伙子。

新來的小伙子，也就是我，也覺得心怯惶恐。在那個時代（其實現在何嘗不是），作家給那家報社雜誌寫稿，十分依賴與編輯之間的信任關係，主編常常必須直接與作家通話，很少假手他人。我雖然也有幾年編輯經驗，但擔任的是助手之職，我替主編寫信、回信，幫他看稿、改稿，卻很少有以自己的身分、名義和作家說話的機會。現在，我要不提主編的名字，直接向大作家發出邀稿之請，這位大作家會理我嗎？

我從主編的記事本裡抄下古龍的電話，回到座位，深呼吸好幾回，鼓足了勇氣，才撥通號碼。電話接通時，我內心還是震動了一下，因為說話的就是作家本人，他磨了砂子似的聲音聽起來確實有一種與武俠小說匹配的江湖味，他聽完我結結巴巴報了名號和意圖之後，玩味似的沉吟一陣，才緩緩用他磁性的沙啞音說：我等一下會在某某餐廳和幾位朋友吃飯，你如果有興趣談寫稿的事，就過來聊聊吧。」

某某餐廳我是知道的，離報社也不遠，我離開工作一陣子再趕回辦公室，應該也還來得及。但為什麼這句話我摸不通是什麼意思？它又像是充滿光明的希望，又像是充滿嘲弄的挑釁，大作家會痛快答應寫稿？還是會給我報復式的羞辱？

計程車穿過下班時的重重車陣，我內心忐忑地來到餐廳，已經是遲了半小時，走進包廂時，桌上杯盤狼藉，晚餐顯然是進行了一段時間。最裡面坐著的，就是古龍本人，個子雖小，卻有一股氣勢，旁邊有兩位男子，我都不認識，席上還有三位美豔的女子，濃妝豔抹得不適合在街上行走。

古龍沒起身，比個手勢要我坐下，也不理我支支吾吾解釋遲到的原因；他從桌底下拿起一個紙盒，掏出一瓶黑牌約翰走路威士忌，帶著意味深長的微笑，他說：「你知道我們談話是要喝酒的。」他把新酒瓶推到我面前：「小朋友，喝完這瓶再談話。」

我離開窮鄉下來到城市不久，酒也沒喝過幾回，黑牌的約翰走路只是遙遠的洋酒名稱，我看桌上的瓶子，不知道該不該當真。古龍倒是笑吟吟地打開酒瓶，滿滿倒了一個喝啤酒的玻璃杯，並舉起他自己的酒杯，我慌張地拿起酒：「古龍先生，我先敬您。」一大口入喉，烈酒像火炙一樣灼燙整個嘴巴，「別急，先喝口水。」古龍又推了一杯開水過來。旁邊的男男女女已經不可遏止地笑了起來。

「古龍先生，我先把這杯乾了。」我的蠻勁也來了，殺人不過頭點地，不是嗎？古龍饒富興味地看著我漲紅的臉，他倒是不慌不忙，先給自己的杯子加冰塊，看我乾杯也不衝動，只抿了一口。

「要不要先吃點菜打個底？」古龍問。

「不用。」我看著消降緩慢的酒瓶，擔心著進度，也擔心著辦公室裡的工作，我又倒滿一杯：「古龍先生，我再乾這一杯。」

杯子又空了，旁邊的小姐戲弄似的拍起手來，「再來一杯。」

我感覺到自己唇舌麻木，說話艱難，但杯子還是舉起來了：「我再乾了這一杯。」

不管什麼好酒，大口吞嚥都不是好滋味，這瓶當時算是昂貴的酒基本上是糟蹋了。但一杯又一杯，不知不覺瓶子也見底了，我覺得是到了該開口講點寫稿的事了，我說：「古龍先生……」

可是沒有聲音，我的嗓子好像啞了，或者我牽動臉上說話的肌肉有困難，我已經一句話也說不出了。

大家都笑了，但我開始感到天旋地轉，眼前發黑，心跳得好像要逃離胸腔，我坐在椅子上頭卻忍不住趴倒在桌子上，其他人的聲音也變得空洞而遙遠。

迷迷糊糊中，有人扶我上車，我聽見古龍磨沙聲說：「我送你回去。」我坐在古龍由司機駕駛的加長型賓士車，渾身冒著冷汗。黑暗中，古龍開口了：「你的主編是……？」我點點頭。「你知道我和他有過節？」我又點點頭。

古龍突然又笑了起來：「你知道嗎？我不喜歡寫稿，寫稿太不好玩了。」我搖搖頭，我太年輕了，聽不懂這句話。

下車時，我還步履不穩，古龍扶我下車，回到車上，又搖下車窗：「嘿，小朋友，你夠意思，我給你寫稿。」

車子如何開走，我如何上樓回到辦公室，我都記不得細節。我在樓梯間吐了一回，掃地的阿姨用惋惜的口氣說，「年輕人不要喝那麼多酒，身體會弄壞。」

我掙扎回到座位，所有同事都瞪眼看著我，包括滿臉狐疑的主編在內，我開口向他報告，聲音沙啞得和古龍一樣：「主編，我約到稿子了。」

——原載《綠光往事》，馬可孛羅

筆記

文章題目或許借自陳映真小說〈第一件差事〉。在一九七〇年代，副刊威望仍大，作家和編輯的關係也較今日緊密。文中敘述了新手奇遇：菜鳥甫入大報社上班，上司交付了艱難任務，要他務必邀到古龍連載武俠新稿。一上場就遇到大魔王，如何達陣？

於是，新手編輯硬著頭皮赴一場午宴。古龍嗜酒，拎出當年昂貴少見的黑牌約翰走路。這算膽識大考驗嗎？豁出去了！烈酒一杯杯乾掉，近乎浪費。全文將年輕人的莽撞、大人物莫測的態度，寫得十分傳神，一方在揣度，另一方在觀察。這篇散文的重點，不在任務完成與否，而是讓我們瞥見了文化場上不同世代的碰撞與演出。

一頓喝三碗

蔡珠兒

傍晚下班時，W打電話回來，說在船上碰到潔西，叫她一塊來吃飯吧？潔西最近從紐約調來香港，剛搬來我們這島上，常上我們家搭伙。放下電話，我趕緊追加預算，拌了盆怪味雞，煸了碟蝦籽茭筍，煎了個菜脯蛋，又撈出自醃的四川泡菜，電鍋裡的蓮子眉豆粥早已煮好，只能往裡攪些燕麥糊，灌水加碼。

加得太少了，粥和菜被掃得精光，潔西起碼吃了三碗，咂舌舔嘴，逸興遄飛，連聲說：「太舒服了！」

對我來說，粥這東西是私隱的，尤其在自家吃，近乎私房禁臠，只宜與至親好友、深諳食性者共享，和半生不熟者一起啜飲，更覺尷尬。潔西不是熟客，但這頓家常清粥，卻把距離一下子拉近。

喝粥就是舒服

粥真是奇妙的物質，能甜能鹹，可稠可稀，亦富亦貧，似飽還饑，那鍋寬容模糊的漿汁裡，有私密的慰藉，柔潤的滋養，但也夾砂帶糠，經常要燙嘴磣牙，暗藏隱痛與滄桑。世界各地都有粥，但中國人對它最有感情，因為喝得最多也最久，唏哩呼嚕兩三千年，世世代代的鍋裡碗底，凝積出一部半流質的歷史。

喝粥就是舒服，尤其熱天溽暑，吃粥清爽消熱，做來簡潔俐落，既開胃又貼心。反正是小菜，殺雞不用牛刀，無勞大火熱油，只須輕煎慢烤，輔以涼拌醃泡，就夠變出一大堆。而且少量多樣，更可任意揮灑，興之所至，弄它個滿桌小碟，五顏六色食前方丈，舉箸顧盼自雄，但又覺得好玩，像辦家家酒。

炎炎長夏，茶飯不思，只能以粥度日。週一苦悶，要吃粥解壓；週二下暴雨，要吃粥去濕熱；週三中午有餐會，晚上要吃粥消膩；週四買到鮮嫩蠶豆，燒雪菜下粥最妙；週五有鹽水鴨，怎可不吃粥；好不容易到了週末，更要吃粥消閒。

W經常出差，不管去紐約還是深圳，回家一定嚷著要喝粥，說可以洗塵清胃，去疲勞和調時差；日久漸成習慣，我們出門旅行，倦遊歸來也例必吃粥。兩個都貪嘴，渡完假總是胖著回來，在外頭狂啖異國風味，並不想念家常菜，奇怪的是回家一吃清粥，卻如大旱逢雨，頓覺甘香滋潤，舒暢不可言喻。身心清爽了，腦子也跟著醒轉，吃粥於是像種儀式，養胃兼且收心，開始老實過日子。

寬容模糊大度

天天都吃，卻一點也不煩，因為我從沒吃過一樣的。粥這東西看似小眉小眼，其實泱泱大度，恢宏包容，鹹淡厚薄無所不能，地瓜鮑魚皆可入味，本身已有千百種變化，加上形形色色的下粥菜，兩相搭配組合，絕無重複和悶場，除非是懶惰或者吃食堂。

好吃的粥數不清，臺灣的筍絲粥、海產粥、銀魚粥，一直讓我魂牽夢縈，在家卻做不出那味道。廣東的明火白粥更美，廣州的艇仔粥，澳門的水蟹粥，沙田「強記」的雞粥，上環「生記」的豬肝粥和魚球粥，都是綿滑鮮香的靚粥。潮州粥也好吃，用砂鍋現煲的海鮮粥，香稠彈牙軟裡帶硬，格外清鮮爽口，而加了肉末和冬菜的蠔仔粥，更是我的最愛。

即使是不加味的清粥，也有無窮變化。我煮粥喜歡混合雜糧豆仁，甚或加上芋薯山藥，像煲湯一樣，視天候與體質換配方，煮起粥來左一杓右一把，有如抓藥。就算煮白粥，我也要摻混幾種米，譬如臺灣的芋香米和泰國的糯米，再加上做義大利燴飯的Arborio珍珠米，它柔稠多膠質，能使粥味有底韻。

早餐吃乾還是濕

吃粥有很多原因，除了個人偏嗜，更普遍的是養生、治病、應節、守貧以及賑災濟荒，古人則以此養老和守喪，《禮記》的月令篇和問喪篇有案可稽。以前臺灣鄉下辦喪事，總是煮幾大鍋筍絲鹹粥待客，可見尚存古風，廈門也有這習俗，二者可能源出同脈。而福佬話呼粥為糜，尤其古意盎然。

以粥食療的歷史就更悠久，由漢朝至清代，中國的藥粥典籍有近三百種，藥與粥早已混雜相通，即便一碗清素白粥，也有醫療效用。病了要吃粥，幾乎是華人的共同記憶，有人緬懷回味，也有人敬謝不敏，例如梁實秋就怕喝粥，《雅舍談吃》對粥沒有好感：「我不愛吃粥。小時候一生病就被迫喝粥。因此非常怕生病。」我也有個美國朋友討厭雞湯，因為小時候得肺炎，媽媽逼他吃麵條雞湯（chicken noodle soup），一吃數月，從此深惡痛絕。

可能受到漢藥傳統的影響，日本和韓國也有生病吃粥的習慣。有次去日本山形的鄉間，早餐連吞幾天白飯，實在乾得慌，於是請旅館幫我煮粥，親切的老闆娘還來問我，是不是病了？他們的白粥是病人吃的。

南方人慣於早餐吃粥，日本人、韓國人和泰國人，卻一早就吃乾飯，這也是梁實秋怕喝粥的另個原因，北方人啃慣燒餅油條，「非乾物生噎不飽」，吃起稀飯來，於是「就覺得委屈，如果不算是虐待」。看來除了生和熟，食物系統的乾和濕，也值得人類學家研究。只是在全球化的浪潮下，食物的地域性日漸消泯，早餐受到的衝擊最大，喝咖啡吃麵包的人愈來愈多（很慚愧，我也是一個），乾與濕的差異，其實也在瓦解中。

有小米粥，甚好甚好

中國人吃粥，好像離不開病和窮，雖說有食療養生之效，但主要還是出於貧困，而士大夫更視吃粥為修身之道，含有哲理意境和道德情操。中國養生本有「厚味傷人，淡薄為師」的觀念，唐宋深受佛道影響，講求清心素淡，更崇尚粥與蔬食，蘇東坡、林洪、張耒、陸游等文士，都寫過詩文，稱頌粥味淡遠真樸。但一般人吃粥還是為了度貧，在天災人禍中，不只庶民以粥活命，皇族權貴也須喝粥求生。

一九〇〇年庚子之亂，八國聯軍攻入京城，慈禧和光緒倉皇西逃，在路上餓了兩天，到了懷來縣郊，幸得知縣吳永迎駕接待。吳永入房叩見，只見慈禧灰頭土臉，對他放聲大哭，問他是否有東西吃？吳永回稟，鄉里被劫掠一空，僅餘三鍋小米綠豆粥，還被亂兵搶去兩鍋，「今只餘一鍋，恐粗糲不敢上進。」慈禧卻連聲說好：「有小米粥，甚好甚好，可速進。」粥端進去以後，「俄聞內中爭飲豆粥，唼喋有聲，似得之甚甘者。」

這是從《庚子西狩叢談》看來的，此書由吳永口述，劉治襄筆錄，頗為翔實生動，這幕接駕獻粥的情景，尤其活現傳神。杌隉亂世，連吃慣滿漢大餐的帝后，都要唏哩嘩啦喝粥，百姓之塗炭就更慘烈了。

清粥發達史

粥當然不僅是窮物，缺糧固要吃粥，飯飽也要弄粥，只是情境與滋味全然迥異。我們這一代的臺灣人，就見證了清粥小菜的發達史，從「青葉」餐廳把它擢格升上檯面，到復興南路的粥店街，可以看出社會的迭變發展，地瓜稀飯洗盡寒酸，成了臺菜的象徵，小菜也演進為精食盛饌，由醬筍醃瓜變成炒龍蝦甚至佛跳牆。

北京某粥店有副對聯，「艱苦歲月想吃肉，小康生活要喝粥」，橫批是「與食俱進」，見者無不莞爾。中產小康想喝粥，富貴人家就更講究，所以《紅樓夢》裡的公子小姐極少吃飯，總是喝湯吃粥，寶玉吃碧粳粥，黛玉吃燕窩粥，鳳姐吃紅稻米粥，賈母挑嘴，有鴨子肉粥和棗兒熬的粳米粥，還嫌太油太甜。

但說到講究，還是廣東粥最刁鑽，一碗普通人吃的尋常白粥，也要精工細料，輕煲慢熬，直至鮮濃酥融，然後才在這「粥底」上，加以皮蛋魚腩等物，添鮮助味。粵人熬粥如煲湯，首重原汁本色，而粥又比湯費時耗神，要以干貝、白果、腐竹、大地魚等物熬煉提鮮，還須用明火細煲，不能用電鍋或燉鍋，否則無法稠化香濃，所以要不時攪拌，以防黏底焦糊。

其中還有不少竅門，諸如水米的比例要拿捏得當，米要泡過或醃以油鹽入味，水沸才能下米，轉成文火後要「點油」，略加菜油以使色澤滑亮；還有人說攪拌要順著同一方向，粥質才能豐實飽滿，不至零碎渙散。太辛苦了，連廣東人都極少在家煲粥，要守在爐邊熬幾個小時，且須抓緊時間，晚了火候未足，早了又糊爛走味，煮粥和吃粥都要充裕得閒，其實是奢侈之舉。

老牌粥店半夜起來熬粥，但一般食肆哪有這功夫，多半把米囫圇煮爛猛灑雞粉，粥質粗略稀鬆，吃了喉頭乾渴，唇頰麻木。時代是進步了，但不見得「與食俱進」，我們可能吃得更差。

Jook與Congee

英文的粥 jook 是從粵語來的，但較常用的是 congee，這字是從印度的泰米爾文（Tamil）來的。中國粥悠久精深，有豐富的文化意義，難以用西方的麥糊 porridge 來涵蓋表達，照理該用音譯的jook最恰當，但卻被印度的congee截胡搶灘，因為西方人最早在印度看到這東西。

華人常以為粥是國粹，但印度也有，而且頗似中國的藥粥。十六世紀中期，住在果阿的葡萄牙醫生奧塔（Garcia de Orta）就在書中提及，當地病人喝「一種用米搾出來的汁水，加上胡椒和小茴香。」十八世紀末，長居印度的奧地利神父兼東方學家保林那斯（P. Paulinus）也觀察到，有人免費派發一種叫canji的米湯，讓過路的旅人解渴消熱。這個canji後來英語化為congee，成為米湯的專用語。

除了congee，印度還有其他粥品，譬如ghains是在粥中摻以辣椒、生薑和酸奶，khichri則是豆粥，吃時拌以椒鹽、奶油等調料，佐以香料燉煮的蔬菜，濃郁豐厚，不無香美，但上次去印度，還是把我吃得兩眼昏花，暈頭轉向，胃口突然失靈自閉，幾天都食不下咽。我知道是清粥小菜在作怪，它向我怒喊，「這是什麼鬼東西？」

在意識深處，有些食物會變成本質，理智和文化也釐不清。世界有多少人，就有多少種粥，多少種頑固執著。

——原載《種地書》，有鹿文化

筆記

吃一碗粥，暖胃暖心，生出一份親近。蔡珠兒寫粥，以「寬容模糊」稱之，精確地表現出這種食物富於變化、能清簡能繁富的特質，因為口感柔潤，什麼天氣吃都舒服。本文從個人生活出發，歷數粥中名品、粥的功能、粥的歷史與掌故、粥的跨國變貌，最後仍總結在粥與人的關係。

蔡珠兒的飲食散文一向情識兼備，還發揚了食物本身的美好，不只視廚房餐桌為私人領域，放置在時空脈絡的遷化中，以食物為基礎來觀覽社會與世界。相較於其他飲食散文，尤其餘香滿口，這也得益於其中文字彙使用上的豐富精美，形容詞恰到好處，知識融入絕不乾燥。

讓我們專注於二〇〇九年這場比賽吧！轉播單位在廣告時間回顧了這些球員的英姿，轉播員的用詞圍繞「史上最偉大」、「傳奇」、「驚人成就」等等字眼打轉，提到了一九九九年葛拉芙對大威廉斯（Venus Williams）那場經典的準決賽。我記得，之後又在Youtube上看了好幾次：決勝盤，大威猛力揮擊，咬牙切齒的痛揍每一顆球，如果可以她應該想用球拍貫穿葛拉芙的心臟。眾人譽她是新的草地女王，而葛拉芙是當朝在位的，皇椅挨不進兩位王。卻見葛拉芙精準地輕觸、回撥，小黃球在拍上唱完了一首歌才彈走，舒服地落在每個不可思議的角落；反觀大威重擊之後，為避免出界，她必須穩穩地將重心纏在原地，從而影響了她回防的速度。相形之下葛拉芙的腳步年輕了二十歲，回擊球的落點像用雷射筆指的，精準。

這年已經沒有網審，你注意到了嗎？

這句話我要對窗大喊：「一九九六年之後就沒有網審了，很好！」

很好，他們再也不必擔心被外角發球砸中腦袋。感應器取代網審，鷹眼設備死盯著線審的視神經，網際網路把每個時代端在同一個平面上，像是好多款式的浴缸，今天高興，泡泡四十年前的馬賽克拼花浴缸，明天高興，浸浸新製成的壓克力浴缸，一旦如此，時間的變遷成為了空間的花樣。這裡是九〇年代的山普拉斯，穿上過膝的格子短褲迎戰阿格西，觀眾猶疑那是否為睡褲時，不免記起了八〇年代男子球員的短褲非但高過於膝蓋，甚至只略低於鼠蹊，大腿健壯多肉，根本四角內褲外穿。

螢幕上阿格西單手回擊一顆已然遠離雙打線、被視為理所當然的死球，小黃球繞過球僮越過主審觸了邊線復活得分，觀眾起立叫好，我們的精神又回到這場球賽上面。不過，他們夫妻檔最終輸球。但是我不在乎，你也不要在乎，因為我們看見他們手上乍現的光，那叫靈感，是人一生中最難持有也最難解釋的秘密，甚至當二〇〇九年的時空被數位化以不連續電壓傳輸，粉末般的訊號精準地重建溫布頓中央球場於我們眼前，這道光仍未消失。

啊，你肚子已經餓了，我卻還沒說到溫布頓露營，你一邊吃午餐，讓我長話短說吧！

我在臺灣的午餐時間離開英國國家廣播公司旁的青年旅館，跑遍體育野趣雜貨商家，就是找不到一頂帳篷。世事總這樣，越靠近，阻礙越多。搭地鐵，轉公車，一路小跑步，終於抵達球場外圍的公園的外圍草坪，開始我二十個小時的排隊等待。請勿吃驚，看那外圍草坪的外圍黃泥土地上，已經坐了幾十個人，他們想在四十四個小時後買到票，因為費德勒（Roger Federer）那天才出賽。排我前面的是來倫敦出差的印籍美人，兩手空空；排我後面的，是一對保加利亞夫婦，鋪上玫瑰圖案的塑膠布，拿出三個大保鮮盒，裡面裝滿了食物。我對他們苦笑，說：「你們真是有備而來，我手裡的三明治有點發酸。」

在大家又聊起誰是歷史上最偉大的球員前，我吃下了幾口保加利亞馬鈴薯什錦沙拉，印籍美人搭計程車出去晚餐，居然為我帶回一頂帳篷。夜裡氣溫陡降，我凍得發抖，帳篷生白露，黑暗中澌澌而下，寒氣如冰刀，抵住大小關節。本來會更慘，幸虧這半日的朋友。挨到

蠅的讚美的歌

唐捐

村裡的阿伯，擁有好大一片芒果園。種的是土檨仔，未經品種改良的那種——小小的，土土的，沒什麼果肉，酸甜分明的芒果。天暖氣和，果樹的末梢開著燦燦的白花，看起來又是豐收的一年。果然，花落以後，稚嫩的青果便如繁星般麻麻密密布置於枝椏上了。阿伯無法處理，就跟我家阿姊商量，讓她躉下這一年的收成權。

那時阿姊大概二十歲，剛剛嫁人，勤於賺取外快。而這些果樹，不知有幾歲啦，長得又高又壯。青果看時近在眼前，摘時卻遠在天邊了。我們把網子繫在長長的竹竿上，伸向樹枝去撈取。到時稍一扭動，網邊的鐵圈便碰斷果蒂，青果順勢跌進網子裡。

果實以七分熟為好，太青了小而澀，太熟了不利運送和販售。在陽光雨露的催促之下，果實長得真快，才剛收成了一輪，還來不及賣完，新出的碩果居然又是纍纍在目了。後來收成不及，熟透的果實便自己跌落在地，時而濺出香甜芬芳的果肉。

這樣一片富足的果林似乎是不必多施農藥的，再加上主人年老力衰，草萊蓬勃生長，也就成了各種蟲豸的樂園。最令人討厭的是蚊蚋，牠們既大且猛，展現出「民不畏死，奈何以死懼之」的氣概。加上化身千萬的法力，使人莫可奈何。

除此之外，便是果蠅。我們在林間裡穿梭採果，牠們也在果實的破綻處快樂地鑽研著。我看到的果蠅，比普通的蒼蠅粗壯，顏色也更為鮮艷。鼓著兩粒大大的眼睛，像是無辜的嬰孩，用奇特的口器暴烈地吮著一顆芒果，前腳還在搓搓，後腳便跳走，去吮另一顆芒果。

樹林裡散發著迷惑的氣味，我覺得自己很能夠體會果蠅為何陷入這樣狂熱的情態。而且在這收穫過膻的季節裡，牠們是無害的。我喜歡那些「假面騎士」一般的頭顱，「有眼無珠」的樣子，表情看來無喜又無瞋。但動作真是毛毛躁躁，我喜歡這種毛躁。

後來讀書，知道「營營青蠅」被拿來比喻愛搬弄是非的「讒人」，除了無止息的嗡嗡聲之外，貪饞好吃，揮之難去的形象，也是有關的吧。但這說來，就跟我們凡俗之人同款而已，果蠅熱愛享用甜蜜的果實，應當渾身芳香，符合「美食香蟲」的傳統，實非逐臭之輩。

事隔多年，那片果林早已被剷平，外地人在上面蓋了一間富麗的別墅。我有時路過，耳朵總會浮現不盡的嗡嗡之聲。並且始終相信，牠們說的不是誰的壞話，而是讚美的歌，翻譯成地球人的話，大約如是：好吃，我還要吃吃，再吃吃，這顆好吃，這這那那顆也好吃，再去小鎮，當天來回要八小時！」「沒關係，我可以！」加碼再加碼：「聽說布拉提斯拉瓦（Bratislava）是個優雅的古典小城，不是在附近嗎？可不可以順便去？火車不是會經過，我們可以下車啊！」

我拒絕了二姊的順便。三週行程全由我一人策劃，票務住宿餐廳景點皆由我負責，中間若是有日期算錯、民宿突然被取消（這次果然發生了）、火車班機誤點的話，全都由我負責善後，二姊妳在我手上啊。況且，此刻歐洲並不太平，這次她剛從土耳其轉機到柏林，伊斯坦堡就發生政變，機場關閉，她驚險躲過；我們剛離開慕尼黑，就發生槍枝濫殺事件，慕尼黑封城，我們在維也納看新聞畫面，都是我們經過之地。此刻歐洲易碎，恐攻陰影尾隨，難民危機仍無解，我一個人可以亂闖，但二姊在身邊，我一路小心躡足搬運二姊，肩灌水泥。

那個陰雨的卑爾根下午，我們回到溫暖乾燥的飯店，極度認床的二姊竟然也睡著了。醒來後，她忙著煮熱水泡烏龍茶，讚嘆挪威水質，我在臉書上貼照、聊天。好友私訊：「天哪，我看你每天帶你姊這樣跑，她身體能負荷嗎？」拜託，當然能！她明明認床每晚都睡不好，但隔天就是能走能跑能跳，逛博物館不打哈欠，再遠的路都願意走，手上八個購物袋不用弟弟提，從不嫌肩上單眼大相機重，根本不會游泳也敢在並非太淺的布達佩斯溫泉池裡快速走動，葡萄牙重鹹乾鱈魚與挪威鯨魚香腸都試，路況不熟還是敢從葡萄牙開車到西班牙，一夜無眠也沒化妝臉色就是比我明亮，在柏林地鐵遇到露雞暴露狂比我還鎮靜，她身體待機時間恆久遠，朋友你該擔心的是她弟吧。黃麗群在〈帶你媽去東京玩，有時還有吵架〉一文裡寫大家帶媽媽出門遠行的微妙心理，「是白馬與唐三藏的故事，是驢子與史瑞克的故事」，我讀到拍桌大笑。帶長輩出門，我是真的把自己當白馬與驢子，因為度假的不是我這個九弟，是二姊。

「找弟弟」是這幾年二姊的度假模式，弟弟定居柏林，只要訂好歐洲來回機票，其餘都交給弟弟計畫。我熱愛旅行，也喜歡計畫行程，但我的假期結構鬆散，漫步亂走，知名景點沒看到不介意，但要住好睡好吃好，花很長的時間慢慢吃飯，找巷弄裡咖啡館小書店小餐館，公園裡看人摸狗讀書，晚上去當地劇場看戲，超市逛整天，行程似乎文藝，但其實就是個懶文青，走路如兔輕盈，心境如龜緩慢，且一定要有大量的睡眠。但幫二姊企劃旅行，我必須啟動「二姊模式」，行程結構必須堅實，殺龜保兔。

二姊喜歡搜集熱門景點，旅遊書上有寫的、部落客大推的、電視旅遊節目拍過的、電影鏡頭掃過的、大排長龍的，她都要。我厭惡排隊，為了登巴黎聖母院頂，我們起了個大早，還是排了將近兩小時。我傲慢，（文筆太差的）部落客大推的我都質疑，旅遊書上寫「必遊」「必吃」，我就偏偏不想遊不要吃，我愛跟這個世界做對，對象包括無辜的旅遊書與網路。但二姊耐心如海，排隊好，憋尿可，慢一點沒關係，繞路無所謂，好不容易從彰化來到了歐洲，她要從聖母院頂樓、巴黎鐵塔頂端看巴黎，在貝倫（Belém）吃到百年蛋塔配方，在新天鵝堡裡臉書打卡，在布達佩斯慢等一碗匈牙利燉牛肉，在波多萊羅書店（Livraria Lello）開門那刻就衝進去拍照。老實說，要不是因為我姊的勤奮，許多景點我都會略過或者遠觀，排隊兩小時進入某教堂某城堡，與在飯店游泳池畔讀書上網睡覺之間，我一定毫不考慮選擇後者。二姊讓我看清自己的傲慢與驕寵，我的「沒什麼」，是二姊的「好難得」。

二姊熱愛博物館，她喜歡古典藝術，文藝復興、浪漫、印象最得她胃口，我則是喜愛現代藝術，老覺得印象派根本就拿來印床單，大量複製（許多人口中的文創）讓我煩躁。行程裡我一定安排古典美術館，不催促，讓二姊在荷蘭國家博物館裡盡情凝視林布蘭的名作《夜巡》，左看右看，近看遠看，自拍上傳，Line給所有親友。我其實懼怕旅行的博物館行程，短時間內瀏覽千百幅，密閉空間裡窒悶且少有座椅，大約在第二十幅，哈欠就會佔據我的臉，大師千古名作，我睡眼相對，不看藝術，反倒開始看人。但二姊遇見大師，激動歡騰，全部都是她在圖冊裡看過的，跋涉千里終於相見，她跟梵谷自畫像合照，與孟克一起吶喊，我呢？姊妳慢慢看，不急，我去咖啡館等妳。今夏維也納的美景宮（Schloss Belvedere）最適合二姊與九弟，姊姊入宮去看克林姆的《吻》，我留在戶外看艾未未用地中海難民救生衣做成的大型裝置。當然這其中有耐力的問題，二姊吻了一整天，九弟與艾未未半小時，就滾回民宿睡大覺。

購物是旅程重點，二姊買東西，滿是人情債。她在柏林必買臺灣人鍾愛但大部分德國人都沒聽過的百靈油（China Oel），我去採訪過那家位於柏林南邊的小工廠，老闆說，銷量大增，都要感謝臺灣。我姊買百靈油，自己留兩罐，其他都是要送人，親友同事老闆名單一大串，還有根本沒見過的人傳訊：「聽說妳去德國，幫我帶五罐好不好？」進入德國美妝店，大罐的潤膚乳液抓五罐，維他命發泡錠抓二十罐，大姊要五姊要鄰居要同事要山上的嬸婆要住海邊的舅公要。姊！妳知道液體不准隨身帶上飛機，一定要託運，妳知道這些有多重吧？唉呀！知道啦！但該買還是要買啊。她海派交遊，訪友、出差必帶小禮物奉上，人情蓋成摩天樓，旅行時一直掛念誰誰誰的東西還沒買。我是個討厭鬼，交情再好的朋友託我買什麼醜陋的美式連鎖店城市咖啡杯，我就會爆出：「拜託！人在歐洲喝什麼美國假咖啡啦！那杯子醜死又重又易碎，我才不要去幫你買！」外甥女託我買一大罐德國某牌身體乳液，馬上被我拒絕：「那麼重，我才不要，臺灣又不是買不到乳液。」幫人購物其實真的會干擾旅遊，不識相的還會一直傳Line問：「買到了沒？到了那家店可不可以跟我視訊？退稅順不順利？」我會立即封鎖此人，日後見面連招呼都省，但二姊一定使命必達，人稱代購天使。

二姊超重的行李塞滿禮，自己的反而不多。我搬出「自己主義」勸導，要二姊多為自己活，這是妳的旅程，妳的人生，那罐眼霜想要就現在擦，那盒茶包想喝馬上泡，薄荷嗆辣的百靈油直接塗抹全身，姊，妳一輩子當女兒人妻媽媽，幾乎沒為自己活過，好不容易這幾年可以來歐，購物留給自己好不好啦。二姊出生在困頓的臺灣年代，我爸是彰化鄉下三合院裡的長子，其他兄弟皆得子，我家這房卻連生七個女兒，成為父權制度下最低等。或許因為窮苦，被打入低等，二姊從小強悍，和男生打架必贏，手打蟑螂，肩扛貨物，煮菜養豬，爸爸開貨車載重物，她隨車當助手。爸媽殷殷期盼兒子到臨，可承家業，可光宗耀祖，卻忘了身旁一群女兒的勞力奉獻。我哥排行第八出生，被寵成笨蛋長子，欠債潛逃，臺灣鄉野有太多長子敗家故事，我家也有一個。我第九老么，嬌弱愛哭，此生扛過的唯一重物是健身房裡的器材，明明來自彰化農家，專長卻是謀殺桌上盆栽。二姊的身體看似現代都會，多看幾眼就會看到臺灣鄉土勤奮，她總是跪在地上擦地，每晚用手洗衣，殺蟑滅鼠，幾分鐘內變出一大桌菜，果真是大家庭的長女。她從小種過稻，犁過田，少女時代就進工廠打工，中學時丟鉛球、短跑，創下的記錄，至今沒有學妹能打破。我說妳辛苦幾十載，當媽當妻這麼辛苦，出來旅遊就為自己，大膽拋棄人情吧。

但這是我的傲慢說帖，我是重男輕女的既得利益者，我沒當過家長，我跑跑跑跑到了柏林，我的身體不在講求人倫道德的臺灣系統裡，我當然可以輕易自私，大喊自己。但二姊的身體處在一個龐大的人情體系裡，在她的脈絡裡，人與人緊密，飯食共享，同舟共濟（真的，她要借車，隨時有一群朋友把鑰匙遞上，在Uber發明前，網路出現前，我姊就有一套叫車系統，且免費）。她的旅遊不可能是自己的身體獨享，絲巾買十條，自己留一，其餘發送，親友臉上綻放的收禮笑容，也是她自己的笑容。我輩在社群網路上傳照片，名為「分享」，實為炫耀。她輩在社群網路上寫兩句，真心盼你在此，最大心願是和兒女同遊。在西餐廳明明大家都單點，到最後一定是你夾我的我試一下你的，菜乾脆全部擺桌子正中央，吃成大合菜，像一家人，彷彿回到小時，我們一家十一口擠著吃飯，菜不豐盛，人溫暖。

二姊喜歡airbnb，帶廚房的房型最佳。我帶她去各國市場買菜，不管買到什麼歐洲當地食材，回民宿煮，最後一定是一桌道地的臺菜。我幻想二姊可以在旅遊頻道推出節目，節目可稱《彰化二姊，歐洲上菜！》，示範如何在歐洲煮出松露菜脯蛋、朝鮮薊佐西螺醬油、法國白酒麻油雞、臺灣大腸包德國小腸之類，聽起來荒謬但真是美味的跨國混種。

二姊來歐洲，老是忘東忘西，轉接插頭、旅遊指南都留在家裡，但絕對不會忘記日本象牌的保溫瓶。不管天氣再熱，二姊一定要隨身一罐保溫瓶，裝滿熱水，隨時喝。旅行時回到住處，二姊第一件事就是洗手煮熱水，任憑我一直說歐洲的生水可喝，她就是一定要把水煮熱，殺菌，才能入口。上飛機她跟空姐要熱水，她不懂歐洲人老愛喝冰水，床頭櫃一定要放一壺保溫熱水，阿姆斯特丹夜裡無眠，她起身喝熱水，忍不住發出滿足的聲響。養生？保健？習性？傳統？氣候？我一直不懂這熱水執著，直到我讀到舒國治在《理想的下午》裡的幾行字，我就忽然開朗了：「此種對熱水的依賴，或在於對一種文明人煙的渴望保有，亦即，對荒涼之不願受制。西方人，比較起來，不那麼怕荒涼。」

但對熱水的依賴也有破例，去年我們撞上西班牙南部熱浪，攝氏41度，二姊忽然不怕荒涼了，袋子裡的保溫瓶沒出來伸展象鼻，一路上灌了好幾瓶冰涼澎湃的水，那嘴舌嘖嘖稱好，一如阿姆斯特丹那夜。

好友蘇珊、維尼上週來柏林找我，我們同遊巴黎，一路上我們說著長輩的旅遊習性，二姊的故事讓她們呼喊：「我媽也這樣！沒有熱水她會崩潰啊。」我們不想框架、窄化母姊長輩的媽媽身分，但她們都曾經濟匱乏，身體因性別與時代被制約，在戒嚴時代遙想遠方，羨慕三毛的撒哈拉，終於在新世紀能自由遷徙，帶著熱水瓶闖天下，媽媽們身處島嶼北中南，彼此毫無關連，但身體就是有許多相似共通。我們這代吃好穿好，買了機票隔天就飛，大概真不懂荒涼真義。

隔天，巴黎太陽消失，風來雨來，大家都受了點風寒，可惜可麗露馬卡龍閃電泡芙治不了咳嗽噴嚏。最後我們三人捧著熱水瓶，在左岸小口小口慢慢喝熱水，配菜是臺灣帶來的王子麵。那刻，熱水撫慰身體，脆麵打敗所有巴黎甜點，我們都覺得，與上一代似乎更接近了一些。

帶二姊去旅行，讓我看見了我自己的傲慢與不隨和。但我的傲慢在二姊身上其實無效，我旅行中所有不肯做的事，例如排隊、與名畫合照、與路上不知名雕像合照、看到教堂城堡就進去、買紀念品，因為二姊，清單全都打勾，一一完成。

很小的時候，我就嚮往遠方、彼岸、他處，越遠越好，彰化永靖讓我窒息，但我走不了。小村鎖喉，偶有喘氣空隙，就是姊姊們帶我去旅行，去臺北，去高雄，去臺中，去山林，我的個人世界若有任何開闊的可能，要感謝姊姊們的帶領。那些小規模、短暫的島嶼旅行，現在想起來，就是我的逃脫演練。

當時二姊應該沒想到，這個愛哭愛笑愛跟的九弟，有一天能幫她訂飯店、訂機票、找民宿、用各種可能的語言點菜、扛行李、看地圖、做口譯，當年的逃脫培訓有成，如今，他終於是有用的驢子，偷偷在人生貧乏履歷上寫下「二姊專屬導遊」的一匹白馬。

旅行若包含一丁點逃脫、自由，二姊都曾經給過我，如今換我這匹白馬，隨時奉陪。

——原載《第九個身體》，九歌

筆記

九弟是長居德國的懶惰文青，二姊是從彰化遠飛歐洲的勤快旅人，結伴出遊時，果真會變成「唐僧與白馬」、「史瑞克和驢子」的組合嗎？從不同的歐洲想像和旅行習慣裡，書寫者——就是那個九弟——看似抱怨實則親密、在差異中得以反觀自身慣習（habitus）。

陳思宏寫起散文，格外瀰漫一種熱鬧繽紛氣氛。二姊可以不斷加掛行程的超強體能、誓言收集全部必遊必吃的豪氣、不畏沉重擔下代購大任，既反映了她迢迢長程、探索世界的願望，也折射出她所處的綿密人際網。懶文青雖然想堅持一份姿態，但是姊弟情深，最後還是幫二姊滿足了旅遊清單，當稱職的驢子或白馬。

我要煮飯給我妹妹吃

楊双子

——如果你妹妹復活一天，那你們會怎麼度過那一天？

我在這個問題之前愣住，那個現場裡短暫失語。

那是二〇一六年四月，大學通識課程的某一場專題演講，主題是創作經驗，ＱＡ時間，我說大家有問題嗎？任何問題都可以。於是底下有人舉手提問：「你們姊妹感情這麼好，我很好奇如果你妹妹復活一天，那你們會怎麼度過那一天？」

此前我並不曾設想過這個問題。我陷入思索，以致無法即刻回答。邀請我前去演講的老師在課後對我表達歉意，表示並沒有預料學生會有這種提問。

其實是個好問題。

此後曾經有過許多時刻，我也這樣問自己，如果若暉復活一天——？

讀的是商業經營科，核心科目是會計。我們在生活中落實記帳功課，恰正因為身無分文——精確地說，我們共享一個錢包，用來支付我們起床睜開眼睛以後的所有開銷，而那個錢包連兩張千元大鈔都沒有。郵局裡的存款不到一千，印鑑尋覓無門，即便本人臨櫃也領不出來。我們竭力節流開源，否則隨時面臨斷炊。

入學在一九九九年九月，時年基本工資時薪六十六元，臺中市區打工時薪平均七十元，無工作經驗者多數起薪僅六十五。我們沿著一中街投履歷，屢投屢敗。十五歲，已屆法定童工年齡卻初出世面，麥當勞和三商巧福一類連鎖店鋪並不錄用。宿舍沒米缸，我們比國三還要飢餓。還兼年少無知，不諳宿舍常鬧小偷，某天起床發現我們錢包僅有的大鈔不翼而飛。

（這就是所謂的「屋漏偏逢連夜雨」嗎？）

沒哭。哭很消耗。萬幸竊賊給我們留了零錢。時年一塊紅豆餅五元，我們一天合吃一塊紅豆餅，餓狠了買兩塊。街上一間老麵包店在晚上九點過後，白吐司出清價一條十五，我們下課時間是十點五分，運氣好的日子，夠我們後面兩天的飽腹。那段日子是一團混亂，內是自家事，外是九二一震災。生活要上軌道，軌道就是工作，是收入來源，是落胃袋為安的吃喝之物。

我們必須記帳，勇於面對赤貧的錢包。時至二〇〇〇年元旦，經過記帳的摸索期，若暉選在一年之始重新啟用我們的收支記帳簿，第一筆紀錄：「上期所餘 2699」。那就是我們全身上下連同郵局存款的所有金額。

二〇〇〇年，時值高一。我先後在雞排店與麵包店打工，若暉早前在訛詐工讀生時薪的牛排店裡裁過跟頭，而後進了一間日商公司當正職工讀生，姑且塵埃落定。收入仍然有限，唯我時薪七十五元的時數積累，若暉固定月薪一萬六千八，並有我們以晚間放學後的清潔工作所換得學期間每月三千元助學金。

開門七件事，計生活費，學費，住宿費，女性生理用品費。錢不夠用。我們嚴格控管財務收支，吃飯錢每日一百元。白天工作晚上讀書，清醒時間每天十八個鐘頭，百元新臺幣所能購得食物，且不論營養均衡與否，根本不足支撐每日所需熱量。

但愛是恆久忍耐，又有恩慈，愛是不嫉妒——維持正常心智，祕訣其實相同。任何情緒都是自我耗損，最好物我兩忘。恆久忍耐，如同忍耐牙痛。健保費積欠多時，我們自國三起各蛀了兩顆臼齒無門求治，劇痛時以米酒漱口，日久了不痛，臼齒有破片不時搖晃，就伸手進去一小塊一小塊摳落，任它毀壞成嘴裡的廢墟。繳清健保費以後去看診，牙醫語帶驚訝：「神經全部都蛀掉了，怎麼這麼耐痛？」佛陀拈花微笑，我們不悲不喜。

難的是面子。

若暉在公司行號上班，中午總跟同事共餐。便當與店鋪一頓午飯少不了五十元起跳，於就最討厭吃魚。

鯰魚冬粉加熱以後，土臭魚腥氣息明顯湧現。聞著味道已很勉強，這玩意能吃嗎？可是不吃，晚飯沒有著落。硬吞一口熱騰騰軟呼呼的冬粉糊，入嘴有如夏日蒸騰且滾過幾條死魚的爛泥巴，頓時天旋地轉懷疑人生。我們沒哭，只是眼前一片模糊，把鼻水和死魚爛泥巴一起嚥進肚子裡。此後的一輩子，我們再沒吃過任何一口鯰魚。

說到底，為什麼是鯰魚？為什麼讓鯰魚跟冬粉一起煮？為什麼要讓鯰魚跟冬粉一起在鍋子裡躺一個下午？為什麼這種關頭給我們弄一道地獄料理？

這是世紀之謎。

爸十五學藝，習烘焙，漢餅西點兼修。手把手教我的第一道料理是蔥油餅，地點在我們家廚房，沒有磅秤沒有量杯，問曰怎麼知道要放多少分量，答曰用眼睛看。爸的眼睛是指針自動秤，雙手是數位溫濕度計。傑米・奧利佛三十分鐘上菜，爸也可以。怕熱不要進廚房，爸下廚直接打赤膊，油濺胸腹時面不改色拿醬油塗完了事，率性架勢有如安東尼・波登。

阿嬤信仰虔誠，初一十五拜祖先總有一條完整的魚。重新烹製上餐桌，阿嬤必是醬油薑絲，爸則糖醋。蒜頭、青蔥、辣椒剁細，糖與醋與番茄醬，醬料燉煮下去魚臭盡消，糖醋口味樂勝醬油口味。我們討厭吃魚，糖醋魚例外。總感覺爸亂煮都好吃。牛肉罐頭煮乾麵條，可樂滷豬肉，溪流裡電來的抱卵蝦子煮胡椒蝦，無一不美味。

包括泡麵。蔥燒牛肉口味，銀色調味料包先下煮沸了熱水的大炒鍋，粉末在水面翻滾，隨後是紅色油脂成塊的油料包，油塊擠完仍有殘留，一點不浪費地捏著那透明油料包裝在熱水裡涮兩三下。而後青菜貢丸，最後才是泡麵本麵。我牢記那個涮油料包的小動作，感覺那是大廚的祕訣。

但國中二年級那個放學的下午，為什麼爸留給我們一鍋鯰魚冬粉？無解。有解又何奈？總歸那一頓難吃的晚飯已經留下創傷。

長期飢餓的那段日子我們精神麻木如冬眠，春暖復甦，才知道飢餓的恐懼已在心底生根，伴隨飢餓而來的委屈則蔓延長刺，還帶深長的倒鉤。

此後我們可以隨意吃，卻絕不妥協難吃。

＊＊＊

爸十五出鄉關，我們也是。我初入社會即餐飲業，高職三年間有八個月在雞排店，長假短暫待過早餐店，餘下日子都是麵包學徒。經手成千上萬塊雞排，幾十個麻袋的地瓜，隨機器攪拌分割幾百斤的麵團做麵包，沒削掉兩次手指肉、不燙破幾個水泡，不算進過餐飲業。雞排店油鍋一百八十度，麵包店烤箱兩百二十度，夏天泡於熱汗，冬天浸淫冷風。我在工作管麵、洋蔥雞肉丼與牛肉壽喜燒。我每問若暉好吃嗎？她總說好吃。

我相信，也沒有全相信。

若暉向來誠實，唯獨對我盲目。國中時代我們遭遇霸凌，彼此有過一番檢討，打算做點什麼自我改進。若暉長考後對我說：「你的缺點，就是優點太多了。」

這種盲目程度，連我本人都目瞪口呆。

但是盲目何妨？愛其實是盲目。

——如果你妹妹復活一天，那你們會怎麼度過那一天？

二〇一六年四月大學通識課程那場演講的QA時間，有人舉手提問：「你們姊妹感情這麼好，我很好奇如果你妹妹復活一天，那你們會怎麼度過那一天？」

那個當下，我內心飛逝無數答案。

如果若暉復活一天。僅僅是設想，我就鼻酸難耐。日後許多時刻我拾起這個設想，總是忍不住眼淚泉湧。

但那個課堂裡面我沒哭。我平穩回答，如果有那一天，我要煮飯給我妹妹吃。

——原載《我家住在張日興隔壁》，寶瓶文化

筆記

楊双子以歷史百合小說聞名，融合知識、趣味和性別探索，被視為本土類型文學的青春代言人，寫起散文來卻流露一份滄桑情味。尤其寫及早逝的妹妹，以瑣碎記憶包裹那不忍的核心，特別使人動容。

本文回憶與孿生妹妹度過的節儉與飢餓時光，以偏方孤獨處理牙痛，打工處如果供餐可以省錢，怎樣花費最少又能餵飽自己。父親匿蹤，妹妹生病，都帶出了荒涼或飽滿的吃食往事。因此，如果逝者復活，要以美味餐點共同度過一天，不是什麼大餐，就是姊姊下廚料理。妹妹對姐姐懷抱著盲目的愛，是這份愛啟動了「煮飯給妹妹吃」的願望，為所愛之人烹調，恢復姊妹相依的親密家常。

每當我試著提醒她，現在臺北沒有什麼買不到的，她總是不相信。買得到歸買得到，她堅持，在臺北買到得同級品「料卡差」，或是「價錢貴」。這會伴隨著一大段關於「外國」的演講，外國人做事仔細，外國衣服品味好，大方。「我喜歡妳們像外國人一樣，穿得高尚。」一切的奢華要不是來自「外國」，便少了一層光華。「外國」也象徵了一種先進文明教養。在路上看見當街摑打孩子的媽媽，或路邊攤撤走後留下的骯髒街道，她會說：「外國人就不會這樣。」

但我是一個不稱職的買辦。我不相信這些物質背後代表的價值，我母親的西方主義。以前我會和我母親爭論她的「外國論」，試圖平衡她的觀點。母親說外國小孩教養好，我說妳不知到幾年前英國發生時歲小孩虐殺了兩歲幼童的事件。母親說英國福利好，我說你沒看見街上那麼多流浪漢？就像所有母女之間的對話，她說的每一句話我都能舉出反證，而我說的每一句話她都能聽不見。她的西方主義極其頑強，就像她喜歡的外國貨一樣，跟外面的世道流行沒關係。

不久我就放棄告訴母親，英國不是你想像的那樣。因為為了平衡她一面倒的推崇，我得掏挖出各種不堪的醜聞，關於英國的負面證據，弄得自己疲憊不堪，甚至懷疑：難道我是個對英國隱藏有某種憤恨情結的挫折留學生？算了算了，乾脆妥協於母親的要求，進入她的審美觀（或者那從來就是我意識的一部分？只是我不願意承認而已），為她選購她喜歡的服飾。這妥協真是昂貴哪！那些東西所費不貲。每次去倫敦，我會特別到哈洛德百貨公司，在不屬於我消費範疇的奢侈品當中，尋找適合我母親定義的國貨，還要記得買一些罐裝英國早餐茶給她送人用。那百貨公司刻意維持著十九世紀定義的奢華，暗色的木頭漆在多年人手撫摩之下泛著光澤。一樓有間展示廳取名叫「埃及館」，索引向神秘東方香料與刺繡的世界。我是在西方人的東方主義裡尋找母親想像的西方，用母親的西方主義取悅她。

有一次往紐西蘭的飛機上，我的隔壁坐了一位與母親年紀相仿的婦人。交換幾句閒聊後她試圖告訴我，在一般臺灣人還沒機會出國的時候，她已經去過非常多的國家。那時「委託行」這三個字立即出現在我的聯想裡。我試著，小心翼翼地，問她當時常出國是因為工作或生意的關係嗎？那是一位穿著考究的中年婦女，能用有限的英文向空中小姐採買免稅商品，比一般不習慣出國的家庭主婦更神色自若。我猜，她很可能就是八〇年代，甚至更早，那許多擁有一爿小店，或把家裡改裝成陳列室的女性當中的一個。

她迴避我的問題，只是一再強調著，她很早就去過歐洲、美國，甚至南美洲了。

唉！那個經過「委託」而來的「外國」，掐去了真正接觸時的摩擦，也許散發著我無法感受的魅力，以至於這位婦人願意強調她和「外國」的關聯，即使她說不出（或不願說）自己為什麼出國。每當我整理行李準備出國時，我母親在一旁叨念著她想要一件這樣的毛衣，那樣的鞋子，真正英國式的，歐洲風的，我無法不進入她的語彙，成了她的委託行。每次出

美珍

游以德

美珍可能是你的鄰居，或是你的國中老師。你是否曾經偷偷計算，一個人的生命當中，究竟能和多少個美珍萍水相逢擦肩而過？

但是，今天的故事背景不是南方的女工廠，亦無關臺糖甘蔗園，今天的臺灣美珍不等愛也不追夢，本日的特選美珍，是與尤敏巴度結髮三十五年，生了兩個泰雅寶寶的平地姑娘——鳳山美珍。

尤敏與美珍初識於力霸百貨的服務臺，身穿皮衣鼻樑高聳的泰雅青年與戴著蕾絲手套點頭微笑的櫃檯小姐。當時，專科剛畢業的美珍尚未交過男朋友，成長過程裡，更缺乏認識原住民的機會，在她模糊的印象中，美珍捌聽序大人講過，遐的番仔足危險，可是，眼前坐在野狼機車上等她下班的尤敏巴度，卻是她有限的生命經驗裡，遇過最安全善良的男人。

什麼都有可能的八零年代，熱戀中的高雄女兒行李款款，從鳳山上嫁拉拉山，美珍成為了少數遷入部落定居的平地媳婦。剛開始，她實在無法適應巴陵的環境與作息，但山就是這麼一回事，祂永遠隱藏著某種教人領略生存之道的魔力，就連個性向來少一根筋的美珍，也終究學會了活下去的獨家口訣：「尤敏！救我！」

＊＊＊

「尤敏！救我！」字正腔圓的尖叫聲在山谷間迴盪，音調比平常高了八度。通常，美珍的求救信號可分為三個等級：「敏！」、「尤敏！」與最緊急的「尤敏！救我！」

遠方，蹲在草叢中檢查水源的尤敏反射性彈起，多年來，他練就了憑聲量判斷美珍危險程度的本領，這種分貝，事發現場不是限制級也至少是輔導級。尤敏拋下手中的工具，隨即奔向夫妻倆經營的渡假山莊。

傍晚的夕陽將樹海染紅，魔性的時刻，芒草拍打在尤敏擺動的臂膀。美珍究竟遇到什麼麻煩？方才離開山莊前，她正在儲藏室裡熨燙成堆的被單，密閉的儲藏室四面無對外窗，理應是相對安全的空間才對。親眼見證美珍身陷危險，一直是尤敏最害怕的事，他並非沒有行動的勇氣（山早已鍛鍊他無所畏懼），他只是矛盾地擔心，教會他所有道理的這片山林，是否有天也會帶走他的一切。想到這裡，尤敏驚覺美珍不再呼救，不祥的預感襲上心頭，啊……自己到底為何要強迫平地一枝花定居高海拔的家鄉。

「美珍？」氣喘吁吁的尤敏終於抵達山莊大廳。沒有回應，空蕩的迴廊一片死寂。

山裡的危險總是無法預測，尤敏處在危急時刻，腦中竟無法自拔地播放起一段回憶，那是美珍初訪拉拉山，體驗水蜜桃摘果樂趣的美麗倩影：長長捲髮隨風飄逸，青春美珍笑得如水蜜桃般香甜，下一秒，卻被蟲嚇得花容失色放聲尖叫。啊！多麼可愛！多麼真性情的平地姑娘！要知道，山上早已找不到會為了區區小蟲崩潰的女子了。尤敏大概就是從那一刻開始，偷偷在心中立誓，要永遠保護這位來自平地的小白兔（後發現是大白鯊他仍甘之如飴）。

羅曼蒂克的回憶為尤敏帶來超量的腎上腺素。面對未知的敵方，尤敏急中生智，他如忍者般踮起腳尖，不發出半點聲響地靠近儲藏室準備偷襲。尤敏在心中反覆默唸警惕：「若是歹徒，要為了美珍把歹徒打成殘廢；若是鬼怪，要為了美珍把妖魔打得魂飛魄散；若……若是美珍自己跌倒，務必當機立斷，揹美珍去上巴陵求救！」

天真的尤敏沒料到，接下來，他即將面臨有如電車難題倫理般的抉擇。

四面無對外窗的儲藏室，中央佇立著此生最愛的女人美珍，與她僅三步之遙，唯一的出入口處，立著一條壯年龜殼花……美珍與蛇緊張對峙，這就是美珍不敢再呼救的原因。尤敏巴度瞠目結舌，一直要到十年後，鄭中基才唱出了他當時的心聲：一邊是友情一邊是愛情，左右都不是為難了自己。

情急之下，尤敏巴度隨手拿起身旁的報紙，花了兩秒捲成紙棍。等等，紙棍真的能擊敗毒蛇嗎？那就要看你有多愛！

「wi！」尤敏奮力重擊龜殼花七寸之處，他知道自己只有一次機會。在紙棍接觸龜殼花的瞬間，尤敏彷彿看見了當年力霸百貨透明電梯裡靦腆微笑的美珍。「siqan su' la！（你好走吧！）」尤敏又補了一記，這次，他從野狼機車後照鏡中撇見美珍飄逸的捲髮，尤敏的意念穿梭於現實與回憶，直到龜殼花徹底斷氣。

驚嚇過度的美珍終於放聲大哭，她哽咽地說出一些不太清楚的關鍵字：「怎麼……又來怎麼辦……只看過華西街……死掉……」尤敏愧疚地摟著妻子，嘴裡哄著不怕不怕你一叫我一定就馬上趕到。外頭天色已全黑，夜晚再次降臨，突然間，尤敏巴度意識到，在未知與恐懼交錯的漫長生命裡，自己不怕鬼魅，只怕美珍有危險。

尤敏拎著龜殼花的屍體離開山莊，美珍望著他的背影，喔，這雄壯的男人真的比熊還壯呢！咦……好熟悉的旋律?!消失在黑暗中的尤敏，竟然唱起教會的讚美詩，祝福剛剛被自己打死的龜殼花。美珍的邏輯再次當機──「這……怎麼把要咬你老婆的威脅當成朋友！喂，在山上要守護的是我啦！懂山的人真的好難懂。」

──原載二〇二一年五月號《幼獅文藝》809期〈尤敏巴度那個無法田野〉

筆記

本文作者近年來在文學獎項上屢有斬獲，同時也是備受矚目的劇場演員。她具有原住民血統，作品也常見原住民題材。本文寫來自不同族群的父母親如何相遇，有限篇幅中，選擇以事件起伏張力來表現人物感情。全臺灣「美珍」何其多，但是在這篇散文裡的美珍，人生卻有其平凡中的不凡處。

文章第一部分交代了尤敏與美珍相識相戀，從鳳山「上嫁」拉拉山。之後進入重頭戲，抓緊「愛人遇到蛇」事件，以略帶誇張筆法，生動且幽默地表現出泰雅族丈夫對不熟悉山區的妻子的愛。替花容失色的美珍打死毒蛇以後，尤敏竟唱起讚美詩來，給予故蛇祝福。保護了愛人，又超度了亡靈，是尤敏與山相處之道。

輯二

面向臺灣與世界

愛情從來就不是用刑罰能保證的童話

——論大法官宣告通姦除罪

林志潔

二〇二〇年五月二十九日下午，我國大法官做出釋字七九一號解釋，宣告《刑法》第二三九條通姦罪、以及《刑事訴訟法》第二三九條允許配偶只告相姦人、不告自己配偶（俗稱「讓小三坐牢、自家配偶脫身」）的條款均屬違憲，即刻失效。媒體、輿論、網路、群組、社會大眾立刻物議如沸。

通姦罪在我國法律史上存在已久，造成性別壓迫、侵害基本權利、衍生種種問題。對象可能是單身，卻因為已婚者的配偶要報復，而遭到刑事處罰，結果完全違反平等原則，更沒有達到預防效果。（最該被教訓的人就是已婚的配偶，結果沒被處罰到，如何要他長記性？）

通姦罪既無嚇阻效果，公權力侵人隱私更造成惡果

另外，由於司法實務認為要構成通姦，必須達到「性器接合」的程度，舉凡蓋棉被談心或簡訊裡談情，都不會構成通姦罪。因此，要告通姦成功，就必須上窮碧落下黃泉的蒐證，來滿足構成要件成立的嚴格標準。何況，既然通姦是一個犯罪，就必須動用警察等公家資源去侵害人民隱私，才可能「人贓俱獲、抓姦在床」，只是縱使抓姦在床，也不幸常有鬧到不可開交但證據不足、感情反而更加破碎的情況。

更糟糕的是，明明本質是性騷擾或性侵害的行為，但由於罪證未必足夠，原來提告的性騷擾或性侵害可能不成立，被害人卻遭到行為人配偶提告通姦，過往曾發生過多起類似事件，有的被害人甚至因而輕生，令人無盡悲痛。

因此，大法官在本號解釋中，說明了婚姻的本質與婚姻的性忠誠義務。大法官認為，違反性忠誠義務固然違背婚姻的承諾，但是動用《刑法》來處罰婚姻中義務的違反，既無法嚇阻通姦行為，也不符合刑罰作為公權力的最後手段。

受到的傷害還更大）、違背家用給付義務（對視錢如命的人，違背家用給付義務真是萬惡不赦）、違背撫養義務（有人認為小孩最重要，怎麼可以不養小孩）、違背養兒育女的行動義務（本來結婚時說婚後兩年就計畫要生育，結果因為工作遲遲不願付出行動）……這些是不是也都可以用《刑法》來處罰？

事實上，民事契約的違反，就用民事手段來處理，有違約損害的就請求損害賠償，真的無法一起過下去的，就請求對方和你兩願離婚，對方不願和你兩願離婚的，就請求民事法院裁判離婚。那麼，何以性忠誠義務的違反要被另眼相待，需要動用刑罰來處罰？何況，許多時候，那個受到處罰的人，並不是最該被罰、違反婚姻契約義務的自家配偶，而是那個和你婚姻契約無關的第三者？

是的，我同意第三者是造成你的婚姻契約被違反的原因之一，但是就如同上面所言，如果你的配偶為了工作忙碌遲遲不和你生兒育女，你配偶的公司顯然就是破壞你婚姻契約的原因，那是不是也要把公司當成被告來處罰一下？

如果你和配偶的婚姻契約，竟無法靠雙方溝通來協調出一個解決的方法，只能靠國家公權力的處罰來維護，這樣的婚姻，想來也不是你簽下婚姻契約時想要的婚姻吧！如果我們始終無法自圓其說為何要有通姦罪，然則，會不會通姦罪就僅是我們的一種報復而已，國家動用警察、檢察官、公權力來滿足私人的報復心，這樣的《刑法》，是合於《憲法》的嗎？

婚姻長河，心隨境轉

愛情的消逝，必然伴隨著失望、遺憾，被背叛的痛苦更是受苦之人的點滴在心。但是，生命的長河如此漫長，人會改變，環境會改變，心隨境轉，許多白首婚姻，除了雙方不斷的調整、努力，也有很大的運氣成分。

以法庭為背景的電影《殺戮時刻》（*A Time to Kill*），訴說美國南方一件殺人案件，起因於兩個白人強姦了一位黑人小女孩，還將她凌虐成重傷，但因為種族歧視，無人相信小女孩能獲得公道，小女孩的父親遂決定自己執行正義，將行為人射殺。為小女孩父親辯護的律師因為承接本案，感受到種族歧視與社會對立的巨大衝突，在辯護過程中，他自己也受到許多壓力，家人更被牽連威脅。

過重者的自白——肥胖汙名

強納森

最近讀到一篇文章，是一個過重者的自述，他說出了和自己的同志伴侶為了婚禮去買襯衫的經驗。在出發買襯衫前，他做好了功課，在INDOCHINO（一間定製服裝店）的網站上確認過自己可以在該店買到襯衫，才和伴侶一同前往。結果到了店裡，店員在為他量身後卻說：很抱歉，你只差幾英吋，但我們這裡沒有你的尺碼。這讓他從原本的興奮變成無止盡的失落，他只好眼巴巴的看著伴侶挑選自己的襯衫。結束後，他要求伴侶開車到一個公共停車場並離開，他便坐在車裡驚天動地的大哭，為了自己失去的自尊而哭。

雖然沒有這麼戲劇化，但我想這是許多過重者買衣服時遇到的窘境——這個世界不是為我們設計的。我每次買衣服都深怕跟其他逛店的人對上眼，深怕對方覺得你那麼胖何必還來買衣服。我也很討厭聽到「要穿正式服裝」，因為正式服裝就代表鈕扣，鈕扣就代表我過大的肚子會很難塞進衣服裡面，因此會很不舒服。而且不只衣服，舉凡公車、捷運座位、甚至搭電梯、或主題樂園的遊樂設施，過重者經常面臨著無法使用這些設施的窘境。甚至很多過重者不喜歡看醫生，因為醫生老是把一切問題都歸咎於體重，而不認真面對真正的健康問題。有一位過重者在減重五十公斤後向醫生提出各種減重前就提過的健康問題，醫師這才幫他安排檢查，結果發現各種嚴重的症狀。如果在減重前醫師就能安排這些檢查，這些症狀可能不會這麼嚴重。

很多人可能會覺得，這些都是過重者自找的，是因為他們自己的懶惰和懈怠，才會讓自己變成那樣的體型。但真的是這樣嗎？我這五年來體重經歷兩次劇烈的變化，一次是我在一年內瘦了二十公斤，一次是在一年內胖回二十五公斤。瘦了二十公斤那年，我控制飲食、加上固定的重訓，輕鬆瘦了二十公斤。但後來出國讀書，胖了十公斤，我想照原本的方式瘦下來，卻發現我無論如何控制飲食、無論如何每天運動一個半小時，我再也瘦不下來。後來我發現，那是因為我必須吃的一顆藥的副作用是：影響代謝。結果得知這個事實後反而更難繼續控制飲食和運動，最後又胖了十五公斤。其他如巧克力囊腫等問題也會造成無法減重。許多過重者不是沒有意志力，也不是沒有嘗試減重，而是各種因素讓他們的身體就是難以減重。

肥胖歧視還帶有一種階級歧視。除了身體的因素之外，許多社會因素也讓人難以減重。健康的食物總是比較貴，而底層的人往往沒時間也沒金錢從事上健身房、找教練等較高效率體，但我們不只是醫療行為、疾病與身體構造拼湊出的個體。無論是過重者或跨性別者都需要被看到──被真實的看到，不只是看見我們身體的樣子，而是看見我們身而為人的價值。如果我們會這樣去看「一般人」，為什麼不用同樣標準去看過重者和跨性別呢？期待有一天這個社會，能讓更多人舒適的在其中做自己，無論他們的體型、性別、氣質、階級。

──原載「臺灣性／別不羈充電站」網站

筆記

從過重者在日常生活的困境寫起。由於身體形貌不符合當前社會的主流健康想像，容易遭受歧視，過重被當作一切問題的根源。實際上，身體鑲嵌在多種疾病、階級、資源的網絡中，過重很可能是這些因素交織的結果，而非原因。和身體有關的議題，作者以「自身」為例，更能顯示其「切身」性。

本文作者挑戰一般我們視之為理所當然的看法。例如：過重者為什麼一定要減重？如果是為了減低健康風險，為什麼從事高危險運動者也同樣面臨高度健康風險，卻不會遭致同樣程度的汙名？也提出我們未曾思索過的：如果是個跨性別者又過重，會面臨什麼樣的汙名與焦慮？

把那個「好」指向了「好man」。例如，後續的新聞標題指出「不敢戴粉紅口罩？超man消防員、熊讚都戴了」（註：文章內容是說，消防署特種搜救隊成員也帶上粉紅口罩宣導「只要能保護都是好口罩」；另外臺北吉祥物熊讚也在IG上貼出戴粉紅口罩照片並說「是不是很棒」），也有新聞開始強調「穿粉紅色的男性更具魅力又帥氣」（註：文章內容談到粉紅色在十八世紀之際，是上流社會的男女都會使用的顏色，到了二十世紀，因為商業的行銷操作，粉紅色專屬於女性的想法才被定調。不過，近年來這種情況在時尚界開始改變，文章還舉出「水行俠」的傑森摩莫亞（Jason Momoa）、一世代的Harry Styles、男星Jared Leto等人，都曾穿上粉紅色的造型現身公開場合，「不僅沒有給人女性化的感受，反而更增添魅力」。）

「好man」背後隱藏的性別權力高低

男生使用粉色系從「很好」到「好man」之間的差異在於，「好」只是把粉紅色中性化，男女都適用；「好man」卻把粉紅色陽剛化，反而強化了陽剛男性的面向，忽略或迴避了粉紅色之所以形成性別刻板印象底下所預設的「性別權力序列」。

什麼是「性別權力序列」呢？我們可以設想一個穿戴藍色衣物的女生和一個穿戴粉色衣物的男生，這個粉紅男生受到社會的異樣關注是不是會比這個藍色女生還高？明明都是顏色的性別刻板印象，為什麼會有這個差別？因為目前的社會，粉紅色被視為是女生的顏色，而女生佔據比男生較低的權力位置，所以男生用粉紅色會被笑，不只是因為他用了一個像女生的顏色，而是他做了一個更劣勢的顏色選擇。

性別刻板印象之所以能夠運行，正是因為背後預設了這個性別權力序列，而「男生戴粉紅色口罩也很man」的說法，卻有意無意地迴避或跳過了粉紅色與女性次等的負面連結，直接把粉紅色陽剛化，增添了陽剛男性氣質的豐富性，忽略了這個議題對女性的歧視，更忽略了陰柔男性的存在。因此，我們對這個粉紅色口罩事件的後續思考是，雖然扭轉性別刻板印象很重要，但是，我們還應該關切：在性別權力序列下的陰柔男性，有沒有因為這個事件而獲得更多的力量和賦權？還是只是讓陽剛男性的櫥櫃裡多了幾件粉色系的衣物，裝飾自己的男子氣概？

阿美族的男性卡車司機，會因為經濟條件、族群差異、居住環境所造成的權力差異，進而導致他們可能展現出不同樣貌的男性氣質。也就是說，一個人的男性氣質會因為不同場域以及與不同人的互動，而有著不同的實踐方式，具有非常多元而充滿流動性的表現。我們甚至可以說，「有多少種實踐的可能，就有多少種男性氣質」。

所以，從康奈爾對「霸權男性氣質」（hegemonic masculinity）的分析中也可得知：社會所建構男人的位置，並不必然就是男人實際想要和所做出來的樣子。因為「霸權男性氣質」雖然符合了社會對男性氣質的理想，它同時也是大部分男性在發展性別認同過程中會參照的文化意義和標準；但是，另一方面，這個「霸權」也並非在任何時候都具有全然強制的支配性，在現實生活中，大部分男性不會依循霸權男性氣質的所有標準，而是會隨著各種社會處境的脈絡變化與它維持一種共謀關係。因此，男性氣質並非是天生的自然本質存在（男人味），而是來自於人與人之間的互動，是在社會實踐中形成的。

陰柔男性的多元樣貌：「好娘」的自我培力

我們可以藉由康奈爾對男性陽剛氣質的建構，來進一步思考陰柔男性的多元性。

就我在大學校園裡的觀察，性別氣質陰柔的男學生呈現出各種不同的樣貌：有些三八、充滿歡樂，常常跟女生打成一片，舉手投足成為班上的焦點；有些是班上的邊緣人；有些害羞靦腆，有些落落大方；有些具有溝通和領導能力，獲得班上同學和老師的信任；有些是男同志，有些是異性戀；有些可以照護別人，有些喜歡依賴別人等等。因此，陰柔男性的性別氣質展現，並非都是脆弱無助的形象，更多是懂得觀察並運用自己個性的特點去協商，創造出有利於自己的資源。比較有趣的地方是，現今不少陰柔氣質的男學生，會以一種歡樂自嘲的方式接納自己的「娘」特質，也能接受別人說他「娘」；而其他同學以「娘」的方式對他開玩笑，未必是全然的惡意，而是一種類似姊妹之間的戲謔和嘲諷，保持彼此的互動和友誼。

當陰柔男性說自己「娘」的時候，是把一種原本社會用來嘲笑、羞辱他缺乏男子氣概、不像個男人的語彙，翻轉原來的性別化符號，挪用在自己身上，藉由擁抱這個被羞辱的自我，反而生出得以挑戰主流霸權陽剛社會的身體能量。這種從羞辱自己到壯大自己的轉化機制，除了導因於解除負面情緒的壓抑所產生的樂趣和快感，也來自於這個「娘」主體如何靈活在他的生活脈絡裡尋求運用、協商並創造出可壯大自己的資源和生存空間。

筆記

由於記者反映有男童戴粉紅色口罩被嘲弄，疫情指揮中心官員在記者會上一字排開也戴上粉紅色口罩，普遍視之為矯正性別刻板印象的活潑表現。於是，網路上出現了「粉紅色也很man」的說法，且廣受網友讚揚。本文即從這一點出發，說明將粉紅色陽剛化，未必等同於平權，因為裡頭存在著「性別權力序列」，這種序列的運作又與「男性／陽剛氣質」的預設有關。

從新聞事件中提出可再審思的問題點，並介紹理論觀念來作為審思的工具，讓我們能從慣性中跳脫出來。本文不只說明「男性／陽剛氣質」本身也是多樣化的，並進一步反思通常被當作「陽剛」對立面的「陰柔」、「娘」，可以怎樣豐富我們對認識身體、性別實踐的可能性。

南韓軍中的「變性戰士」

楊虔豪

現役軍人能不能接受跨性別手術？

「我們軍隊內誕生了首位在服役中從事性轉換手術的變性軍人了！主人公是一位在裝甲兵科擔任戰車駕駛工作的A下士。」一月十六日，南韓民間團體「軍隊人權中心」政策計劃組長金賢男在臉書上公開寫道。

金組長並表示：「A下士自年幼起就立志成為軍人，為實現夢想，他從高中起就報考了副士官學校。被授予軍階後，他也誠實服役至今，未來想為國家與市民奉獻的心意堅定……」

役。」

問題在於，透過手術「轉換生理性別」的A下士，希望藉走完法律程序來獲得身分認可，但現行法規對「變性服役」並未多做解釋或有補完措施，加上傳統軍方思維，通常將男性的性器官受損視為重大缺陷，易被分類到「已達除役資格」。在無充分法源與經驗援引下，A下士要申請轉換成女兵，勢必處處受阻。

接受變性手術並回國後，因身體出現不可逆變化，A下士在醫院接受新一輪的義務體檢，南韓陸軍也判定A下士的生理變化並非「戰功傷」所致，而是「本人自行誘發障礙」。

外界研判，國防部最終可能以這項判定為依據，將A下士提前除役，但若此情況真的發生，又會有人權遭歧視、侵害或被剝奪的疑慮，而引發軍隊人權中心的強烈抗議。

目前，陸軍已開始針對A下士的問題，召開退役審查委員會，將審議並決定是否維持A下士的軍人資格，結果預計於一月二十二日揭曉。

「據我們所知，（A下士的）所屬部隊，事前已知他出國旅遊目的，是要去接受變性手術，仍為他批准假期；而從部隊內的女性團長在內，到陸軍參謀總長及國防部長，當時都已接獲報告。」在公開A下士消息後，軍中人權中心所長任泰勳於十六日緊急召開記者會說明道。

對風氣仍保守緊縮的南韓而言，這樣的消息一出，不僅軍方相當措手不及，輿論也不知該如何解釋這樣的現象。圖為南韓陸軍，非當事人。

二〇一八年，軍隊人權中心更揭發南韓國軍機務司令部（機務司），密謀預設若當時總統朴槿惠若遭彈劾失敗，將對反政府示威者武裝鎮壓的作戰計畫，而聲名大噪。而以同運發跡的任所長，過往也大力抗議南韓軍隊將同性戀視為精神病患，因軍隊內雞姦成罪、拒服兵役而入獄，後來獲盧武鉉總統特赦。

任所長透露，目前醫院判定A下士屬於身心障礙第三級，但他說明道：「（A下士）接受睪丸切除手術而會出現若干副作用，只要透過荷爾蒙治療、食療與運動就能解決；專業醫師也給出看法，認為並無足夠醫學根據得以判定（A下士會因接受變性手術而）不適合服役。」

問題在於，透過手術「轉換生理性別」的A下士，希望藉走完法律程序來獲得身分認可，但現行法規對「變性服役」並未多做解釋或有補完措施，加上傳統軍方思維，通常將男性的性器官受損視為重大缺陷，易被分類到「已達除役資格」。在無充分法源與經驗援引下，A下士要申請轉換成女兵，勢必處處受阻。

接受變性手術並回國後，因身體出現不可逆變化，A下士在醫院接受新一輪的義務體檢，南韓陸軍也判定A下士的生理變化並非「戰功傷」所致，而是「本人自行誘發障礙」。

外界研判，國防部最終可能以這項判定為依據，將A下士提前除役，但若此情況真的發生，又會有人權遭歧視、侵害或被剝奪的疑慮，而引發軍隊人權中心的強烈抗議。

目前，陸軍已開始針對A下士的問題，召開退役審查委員會，將審議並決定是否維持A下士的軍人資格，結果預計於一月二十二日揭曉。

為此，軍隊人權中心向南韓軍方要求將退役審查委員會的召開時間延後，卻在一月二十日遭駁回，中心只能向南韓國家人權委員會申請緊急救濟，希望盡速阻擋軍方將A下士以變性為由除役。

面對軍方舉動，金賢男組長不滿地表示：「只要法院下達更正性別，A下士在法律上就是女性，此後他摘除性器官之事，都成不了瑕疵；但當下還是在申請性別更正的狀態，軍方就沒頭沒腦地要突然召開退伍審查，這種作法相當不適當，（法律上）要更正性別，並不會耗費太久時間。」

「單單以變性人為理由，就把人劃作身心障礙與退役對象，要交付退役審查委員會審議，這分明是以『厭惡』為基礎，來造下人權侵害。」任泰勳所長評價道。

任所長表示，現階段將透過向國家人權委員會申請緊急救濟，除要求委員會公開勸告改善此等侵犯人權的現象，也將陳情呼籲推動相關立法或修法，希望讓變性人士服役的心願成真。

強迫退伍！跨性別就是身障？

南韓出現史上首例男性軍人接受變性手術後，申請成為女兵的案例，而在法院還未確認性別正式轉換前，軍方突然要在一月二十二日召開退役審查委員會，要議決是否該讓這名變性軍人提前退伍，引發關注士兵與性少數者權益的公民團體「軍隊人權中心」反彈，向南韓國家人權委員會（人權委）申請緊急救濟。

軍隊人權中心認為，在法院都還未審理與確定接受變性的A下士新性別前，軍方就急著要討論除役與否，已有人權侵犯與歧視的問題，早先已發文要求軍方延後開會，卻未被受理。

而就在軍方召開退役審查前一天，接到緊急救濟案的人權委，於二十一日召開常任理事會後，正式對軍方要求，延後退役審查。

人權委發表勸告文稱：「我國尚未有針對現任役兵服者中的性轉換者（即變性人士）有另外立法獲存在前例可循，軍方對接受變性手術行為的該名副士官（即本案主角A下士），判定為身體障礙，並交付退役審查委員會，將偶然形成因性別主體性所導致之歧視行為。」

對軍方將A下士交付退役審查，人權委員會認定，這將對被害者基本權益產生影響，也擔心若議決要求退伍，將造成難以恢復的傷害，因而正式向陸軍參謀本部長作出勸告，要求軍方延後三個月審理。

這項勸告案，看似給軍隊人權中心與A下士打下一劑強心針，但問題在於，人權會的勸告案，雖反映普世價值所在而具指標意義，卻無強制性。

南韓陸軍最後仍如期在二十二日召開退役審查委員會，最後判定「根據《軍中人事法》等相關法令基準，認定屬於無法繼續服役之範疇」，強制將A下士除役。

目前《軍中人事法》第三十七條規定第一項第一款規定「因身心障礙導致無法以現役身分妥當服役者」，得經退役審查委員會審議後退伍。陸軍最後仍將摘除睪丸者認定為身心障礙三級，以此為作為強制退伍的依據。當下，南韓陸海空三軍接規定，若被判定身心障礙三級以上者，無法報考副士官。

得知無法如願在軍中服役，軍隊人權中心與A下士在二十二日下午召開記者會，現身表達個人立場。A下士公開自己本名叫卞熙秀（音譯），他穿著軍服，懷著忐忑不安的心情，顫抖地面對記者說話，途中不時哽咽啜泣。

「我從小就夢想成為守護國家與國民的軍人，內心面對性主體性的混亂，我一直壓抑自己，也決定為了國家犧牲，而撐過了和男性們一起在宿舍生活等連串艱難的過程。但因性別焦慮導致憂鬱症狀越趨嚴重，所以決定要正式對我壓抑的內心給予認同，而歷經更換性別的過程。雖然在所屬部隊公開自己性向，是艱困決定，但實際表明後，我感到放鬆許多。」卞下士說道。

根據陸軍退役審查委員會決議，卞下士將於二十四日喪失軍人身分，回歸普通人。但他仍表示，希望能擺脫性主體性的認知問題，成為優秀軍人，在最前線服務，並以自己為先例，讓性少數者與跨性別者往後在南韓軍中，都能不受歧視地完成使命。在旁的任泰勳所長則強調，卞下士被強制除役明顯違反人權原則，將會先提出申訴，視結果後決定是否展開行政訴訟。

得知無法如願在軍中服役，軍隊人權中心與A下士在二十二日下午召開記者會，現身表達個人立場。

但若卞下士得以繼續服役，問題也不會立刻結束。由於現行法規無「由男編入女軍」的相關條文，國內也沒可遵循之經驗範例，就算卞下士維持軍人身分，要轉換為女兵，很可能得重新接受女性副士官考試，通過核定才能如願。

由於南韓每年任用的男女副士官皆有定額，若卞下士是另外通過考核加入女兵行列，也可能招致「占用女兵數額」、「排擠其他先天生理女兵」等疑慮，故無論如何，南韓政府與軍方都得研擬特例方案，才能讓卞下士順利轉換成女兵之外，也能維護公平性，但目前看來，進展可能相當渺茫。

目前世界上開放變性人士能當兵的國家共有二十個，其中歐洲就佔了十五個；而在亞洲，最常被提及的泰國，變性人士（男變女）仍得前往徵兵地點報到，但只要提交變性證明並經檢核，則可免服義務役。即便如此，這些人依然能選擇加入軍隊，只是並不從事作戰訓練，而是擔任行政職。

而近來同樣存在討論變性人士能否當兵問題，而且爭議不斷的，莫過於美國。自柯林頓總統執政的一九九四年起，軍方奉行「不問不說」原則——軍隊幹部不得主動詢問或調查士兵性傾向，而性少數者只要不透露自身性傾向，就能相安無事地留在軍隊服務。

但這項原則在歐巴馬總統上臺後的二〇一一年起被廢除，美國正式開放讓各種包含同性戀或變性人士等「性少數」人士參軍，國防部甚至一度將軍人變性所需要的手術、荷爾蒙或藥物，納入健保給付，亦即正式認可男兵能轉換性別為女兵。

但接任的川普總統，在二〇一七年下半年起，以「手術或藥物補助花費過大」、「有損軍隊內士氣」為由，公開預告將推動禁止跨性別者從軍，起初有三個州的聯邦法庭駁回川普總統的禁令，只是在平權團體上訴後，最高法院在去年初，以五票贊成、四票反對，表決通過川普總統提出的禁令，並從去年四月起生效。

自此，要加入美國軍隊，就得以先天性別為依據，若後天有所轉換，將不得從軍，但這項推定並不溯及既往，目前在軍隊內的跨性別人士，地位仍續得保留，不受影響。根據美國國防部統計，目前一百三十萬現役軍人中，跨性別人士大約有九千名，但國立跨性別平等中心估算，實際人數可能落在一萬五千人左右。

A下士為南韓帶來頭一遭軍隊內的「跨性別」問題，但除此之外，同樣作為「性少數者」的同志族群，在軍中一樣危機重重。

根據《軍刑法》第九十二條之六（醜行，即非禮行為）針對第一條第一項至第三項所規定之人，若從事肛交或其他非禮行為者，處二年以下徒刑（二〇一三年四月五日修訂）。

①本法及依本法所定罪之範圍，適用於大韓民國軍人

②第1項中的「軍人」，指的是現役服務中的將校、準士官、副士官與士兵，但轉換服務中之士兵（按：指以義務警察、義務消防隊等服役者）除外。

③下列各號中，符合任何一項條件者，即依軍人辦理，並適用本法。

1. 軍務員

2. 持有軍籍之軍事學校學生、學徒及士官候補生、副士官候補生與依「兵役法」第五十七條持有軍籍之營中學生

3. 被召集實服預備役、補充役與第二國民役之軍人

除因民情保守，加上反同的基督教勢力龐大，造成南韓大眾對同志的接受度仍低外，軍人間的同性間性行為（原稱「雞姦」，後改為「肛交」），仍被禁止，並適用於軍法審判，不論雙方是否兩情相願、場所為何，被發現者即可處二年以下有期徒刑，這條法律向來被平權團體批評是歧視與打壓同志。

事實上，南韓公民團體曾兩度聲請釋憲，但憲法裁判所於二〇一一年和二〇一六年，皆裁決合憲。一直被平權運動人士視為「惡法」的軍刑法九十二條，至今仍然適用於現代的南韓。

二〇一七年大選前，軍隊人權中心就揭發，陸軍參謀總長張駿圭下令軍隊內部「主動查找」同性戀軍人，並以軍刑法九十二之六條論處，陸軍中央搜查團確認到四十至五十人，要啟動調查，一度引發軍隊內人心惶惶。最後，一名大尉被判處六個月徒刑，緩刑一年。

同志在軍中碰上性行為論罪，而跨性別者在軍中也面臨可能被除役的命運，性少數者議

題在南韓軍中，仍遭逢極高大障壁，有待緩慢突破。

——原載二〇二〇年一月二十二日 臉書「韓半島新聞平臺」

筆記

現役男性軍人接受變性手術後，可否申請轉為女兵？在過去兩年，南韓就發生了一起這樣的案例。然而，軍方基於傳統思維，召開會議討論是否要將申請者卞熙秀除役，此舉被認為嚴重損害跨性別者的人權。本文即以這樁案例作為報導主題，從性別焦慮者、軍隊文化與法令、人權等幾方面來說明與探討。

同時，不只是跨性別者在僵固的性別觀念和體制中未能伸張自己的權益，文中也牽引出同性戀者在南韓軍隊中背負著汙名，幾年前甚至發生陸軍參謀總長下令「主動查找」同性戀軍人、並祭出軍法處置。因此，只要性別氣質、性傾向不符合男性軍人的單一陽剛氣質，就可能遭到懲罰。本文不只提供鄰近國家性別事件的資訊，亦有助於我們突破思考多元性別認同在體制內可能遭遇的困境。

希特勒《我的奮鬥》不是禁書，也不再是禁忌

林育立

「這本書七百多頁，出自對猶太人仇恨而寫的就有六百個地方，整本書到處可以找到煽動種族仇恨的段落，讀了讓人想吐，」德國記者凱勒霍夫毫不掩飾他對希特勒這本自傳的嫌惡，但也對官方一再阻止這本書再版表示不解：「禁了只會讓大家更好奇，為這本被納粹奉為聖經的書，添加沒有必要的神秘色彩。」

幸好，這個在第二次世界大戰結束後，維持了七十年的出版禁令，半個月後就即將失效：二〇一六年一月，德國將可再度出版希特勒最重要的著作：《我的奮鬥》（*Mein Kampf*）。

是禁忌不是禁書

目前在德國大報《世界報》（*Die Welt*）主編歷史副刊的凱勒霍夫（Sven Felix Kellerhoff），早在二十年前還在報社實習的時候，就開始寫文章報導希特勒，被公認為全國研究納粹最深入的媒體工作者。「一九九三年我還在讀歷史系的時候，就在舊書店買到第一本《我的奮鬥》，當時老闆偷偷把書賣給我，像是在賣違禁品，」現年四十四歲的凱勒霍夫笑著說：「那是我在大學時代買過最貴的書，花了我一整個月的獎學金。」

二戰結束這麼久了，今天打開德國的電視，依然經常可見德軍殺害無辜平民和集中營的歷史紀錄片，其中呈現的希特勒形象，多是他狂妄自大和冷酷無情的一面。德國社會不論黨派和階層，對納粹殘暴的本質普遍有共識，「世界上很少有國家像德國一樣，持續爬梳過去獨裁政權的罪行，對自己上一輩的批判這麼嚴厲，」寫過五本揭露納粹統治真相的專書，至今依然筆耕不輟的凱勒霍夫表示。

不過，納粹的惡名，也導致一般德國人在戰後避談希特勒，不然就是把他妖魔化；德國官方長年以來也認為，德國人不該再讀《我的奮鬥》這本煽動暴力的書，而且唯恐這本納粹的代表性著作在德國重印，會傷害德國的形象。所以，握有著作權的巴伐利亞邦政府，一再透過司法手段，阻撓國內外的出版社發行新版。

《我的奮鬥》雖然在戰前賣出了一千二百萬本，戰後卻成了德國社會的集體禁忌，禁書的形象根深蒂固。凱勒霍夫指出，不少人誤以為，書裡頭一定有什麼不可告人的秘密，不然為何要禁？連學術界也有許多誤解，市面上希特勒的傳記有八十多本，可是《我的奮鬥》就像沒有人探究過的黑洞一樣，「一些關於這本書的基本問題，學者到現在還是迷迷糊糊。」

事實上，《我的奮鬥》在德國不是禁書，圖書館可以借出來看，舊書店有賣，高中的歷史課也有教，擁有、閱讀、討論、和買賣這本書在德國並不犯法，媒體上常見的「禁書」說法只是誤解。而且，再過幾個禮拜，這個困擾德國數十年的禁忌，就會被打破。

先搞清楚副作用

一九四五年四月三十日，蘇聯紅軍攻進柏林的前一刻，希特勒在總理府的地下碉堡飲彈自盡。由於希特勒的住址登記在慕尼黑，佔領當地的美軍就把他包括著作權在內的所有財產移交給巴伐利亞邦政府。如今，作者過世七十年，按照歐盟法律，從二〇一六年一月一日開始，《我的奮鬥》就歸為公共版權，理論上任何一家出版社都可以再印，德國官方再也無法以違反著作權為由阻攔出版。

權威的納粹研究機構慕尼黑當代史研究所（Institut für Zeitgeschichte）已經宣布，等到明年年初版權一解禁，就會推出所謂的「評論版」，首刷是四千本，含註釋將近二千頁，篇幅超過原作的兩倍；這也是《我的奮鬥》戰後第一次在德國的書店公開上架，受到全球學術圈和輿論的矚目。

發表過上百篇報導探討納粹的凱勒霍夫，當然不會錯過這個重要事件。他花了半年時間寫的新書《我的奮鬥：一本德國書的生涯》（*Mein Kampf - Die Karriere eines deutschen Buches*），二〇一五年夏天一問世，立刻引起輿論熱議；出版社文案寫的相當聳動，卻也是不爭的事實：德國總算出現一本專門著作，向大眾好好介紹這本「德國史上最具爭議」和「德國作家有史以來賣的最好」的「暢銷書」。

書」的說法，對此凱勒霍夫無法苟同。他綜合圖書館借閱的統計、出版社的銷售數字、和美軍的民調結果推論，近四分之一的德國成年人曾經讀過，「應該說，這是一本相當有影響力的暢銷書。」

再者，他比對書中內容和後來的史實，試圖驗證希特勒如何將書中的理論付諸實現。《我的奮鬥》將猶太人視為低等民族，醜化猶太人在世界各地散佈性病和娼妓，露骨的文字毫不掩飾優勝劣敗的種族主義，後來就成了後來大屠殺的理論基礎；納粹當政後，強迫全國殘障人士去勢，乃至殺害他們，也一樣可以在書中找到證據。

凱勒霍夫因此推論，從當時家家戶戶幾乎有一本《我的奮鬥》的流傳情況來看，「許多德國人在戰後辯稱，事前根本不可能知道會發生大屠殺，根本是自欺欺人。」

一九四二年，納粹黨政高層在柏林萬湖（Wannsee）的這棟別墅開會，決定將猶太人送到東歐集中營屠殺。

網路時代難禁

如同納粹時代留下的建築物和公共藝術到底該如何處置，仍不時引起熱議，《我的奮鬥》對德國來說也是沈重的歷史包袱，凱勒霍夫因此用了相當篇幅，回顧德國過去數十年來利用司法和外交手段，在國內外封殺《我的奮鬥》出版的作法。

擁有版權的巴伐利亞邦政府，原本承諾資助當代史研究所出版「評論版」，三年前卻在邦總理訪問以色列後，突然宣布撤銷經費補貼，讓學界一片錯愕，相當程度反應德國在納粹大屠殺的陰影下，對以色列的種種顧忌。

長年與官方打交道的凱勒霍夫直言，德國的官員沒人敢碰《我的奮鬥》，只想把這本書擋下來，沒想清楚這樣做的後果。在凱勒霍夫和為數眾多的納粹研究者看來，正是因為德國行政和司法機關多年來的阻攔，《我的奮鬥》在二〇一六年出新版才會這麼轟動，不僅沒有成功把《我的奮鬥》邊緣化，反而間接造成「禁書」是否能在德國出版的爭議，在各國媒體不斷延燒。

世界觀，最重要的第一手資料，」主編哈特曼（Christian Hartmann）說：「在版權解禁的此刻，即時出版一個能徹底解析希特勒爭議言論的版本，不僅是學者份內的工作，也是德國該盡的義務。」

哈特曼面對媒體，詳細說明他和他領導的團隊，如何用了三年時間，埋首在希特勒的文字，寫出三千五百條註解。哈特曼舉例說，希特勒在書中認為，德國的媒體圈被猶太人牢牢掌控，他就註解說，媒體工作者當中猶太人的比例的確偏高，但不像希特勒描寫的那麼誇張，而且猶太族群內部也有不同的聲音，其中不乏德意志國族主義者。

這本全新的《我的奮鬥》評論版，本身也是跨學科的大型研究計畫。例如，希特勒稱猶太人是「蛆」，「身上帶著惡毒桿菌」的他們會「毒害人類的靈魂」，哈特曼在註解時，就不只從政治宣傳的角度切入，點出「把政敵貶成害蟲是常見的手法」，還向寄生蟲專家求教，「從十九世紀微生物學和公共衛生學的發展脈絡，找出希特勒的用字在當時引發的聯想。」

哈特曼也刻意把原書名當中希特勒的名字阿道夫（Adolf）刪除，《我的奮鬥》新版的書皮是中性的灰色，全名是《希特勒，我的奮鬥——一個批判的版本》（*Hitler, Mein Kampf - eine kritische Edition*），「這樣就不會太親，我們想跟希特勒拉開距離；」就連視覺的呈現上，哈特曼也想出一種特殊的編排方式，把原文放在書頁的正中央，用註解來包圍它，「有時候註解比原文還長，我們就是不要讓希特勒的文字當主角。」

與凱勒霍夫一樣，哈特曼也認為，《我的奮鬥》全書充滿仇恨的語言，讀起來「讓人反感」。就像政治上常見的煽動手法，希特勒總是把複雜的現象過於簡化，混淆事實、謠言、謊言、和似是而非的說法，註解很花工夫；但如果蒐集足夠的證據，能夠精準反駁他，也能帶來愉悅，「有種正中紅心的快感。」

希特勒回來了

幾年前，德國出現一本小說：《希特勒回來了》（*Er ist wieder da*，繁體中文版已在臺灣出版），透過希特勒重新復活和成為媒體寵兒的故事，嘲諷社會大眾的種族偏見，一上市就造成轟動，熱賣超過兩百萬本，原著改編的電影輯將在今年十月上映也一樣大賣。

筆記

林育立首先指出德國將再次出版希特勒《我的奮鬥》，並說明此書充滿爭議，卻非禁書，且已經屬於公共版權範圍。閱讀這部充滿種族偏見的著作，需要同時破除裏頭的成見與謬論，《我的奮鬥》新版由研究者添加大量註釋，為原文的兩倍，提供當代對於種族議題的反省。

本文也討論了希特勒去世多年，納粹式的意識形態卻並未成為昨日黃花，頗有返魂的趨勢；同時，希特勒也成為文學創作題材，假如這位狂人復活，會對當下的世界帶來什麼影響？《我的奮鬥》的再出版，並非人們對於納粹造成的悲劇失去警覺，反而是藉著重識獨裁者的心靈，為當下提供警惕。

統一尚未成功

——柏林圍牆倒下三十年，一個西德家庭的東德記憶

戴達衛

「十一月九日這天，是歷史性的一天。東德政府已經宣布，即刻向所有人開放邊界，柏林圍牆大門已經打開……」

三十年前，一名兩歲半的小男孩，正跟他的家人們一起盯著電視機、見證歷史。在東西德邊界的過境站，不斷湧入的人潮歡呼慶祝。電視上閃現的那些新聞畫面，則是我對柏林圍牆倒塌，東西德走向統一之路最早的朦朧記憶。

一九八九年十一月九日是所有德國人都難忘的夜晚。兩德人民從長達二十八年、被圍牆強制隔開的惡夢醒來，這也是東德人邁向解脫一黨專政的關鍵一刻。當晚，西柏林市長莫波

主責的全德援助辦事處在文宣中也強調：西德包裹有助於讓東德人民「灰不溜秋的日常變彩色一些」。這句也反映出當時西德人對東德生活的普遍認知——對邊的人很窮，生活沒有樂趣，他們需要我們的幫助。

有時候，西德人也會收到來自東德的回禮，也就是所謂的「東德包裹」（Ostpaket）。耶誕節期間，這些包裹通常包含東德特產的德勒斯登聖誕麵包（Christstollen），內餡原料就是使用那些從西德寄過去的葡萄乾和柑橘皮蜜餞，說起來也算是另一種「融合」的概念。

西德（東德）包裹不僅是兩德物資與情感交流的媒介之一，也是東德政權的重要外幣來源，以及其計劃經濟體制下，進出口計算的重要基礎。根據「萊比錫市場研究中心」統計，每年西德人大約會寄二千五百萬個包裹到東德，內含約一千噸咖啡和五百萬件衣服，咖啡產品裡頭有時候甚至還會偷偷藏錢。

東德國家安全部（即史塔西）幾乎都會檢查及審查包裹和信件的內容，是否包含奢侈品、禁書等違禁品，而政府單位也會依據每年查獲的商品總額，再調整需要進口和產出的產品。東德末任郵政部長曾揭露：自一九七二年起，東德國家單位有系統地掠奪包裹內容物。光在東德政權的最末四年，政府單位就偷了三千二百萬元西德馬克（DM）的現金，和價值約一千萬元西德馬克的商品，部分拿來變賣，部分則「進獻」給了黨高層幹部。

兩個「德國」在略顯克難的方式下，於牆的兩端斷斷續續地維繫交流。到了一九八九年十一月九日，這一切突然改變了。

柏林圍牆倒下，到兩德統一之後

「據我所知……（東德邊界開放）即刻、毫不拖延地生效。」

因為東德政治局發言人夏波夫斯基（Schabowski）在記者會上這一句「美麗的錯誤」（儘管當時東德當局確實還正在研擬邊境開放，但夏波夫斯基卻誤認上級意思，在宣布《臨時旅行法》的記者會上，直接向現場詢問的記者如此表示），讓柏林圍牆一時之間形同倒塌。

在這以前，西德民眾也密切關注過去幾個月以來，在東德展開的一系列社會運動，但當時沒有人預料到，改變會來得如此之快。我的母親回憶，柏林圍牆倒塌的隔天（一九門投資（比方交通部在東德蓋高速公路的預算）。

近年來不僅是民眾，西德政治人物也越來越大聲地要求聯邦政府停止針對東德的補助。由於德國逐步淘汰挖礦產業，轉向再生能源，西德工業和煤礦區的負債問題非常嚴重，其中埃森市（Essen）以二十二億歐元負債名列第一。這些曾經被視為西德經濟引擎的地區，面臨巨大的經濟結構變革，卻感覺不到國家伸出援手。

二〇一二年，北萊茵-西發利亞邦的社民黨籍邦長克拉夫特（Hannelore Kraft）就曾呼籲：「現在輪到西德了！」其基民盟黨籍的接班人、現任邦長拉雪特（Armin Laschet）也同意，西德需要自己的補貼機制。

被現實磨滅的東德盼望

二〇一九年，聯邦政府終於回應了許多經濟不景氣的西德地區的心聲。負責國家建設的內政部長錫霍佛（Horst Seehofer），在九月底重申了內閣於七月就已通過的十二項具體措施，以期促進全國「平等生活條件」落實。

新的資助制度將不會分東西德，而會視需求而定。同時，聯邦審計院也質疑，始於一九九一年的「團結互助稅」（Solidaritätszuschlag，全國納稅人繳納，主要用於促進東德發展）原訂將課徵直到二〇一九年年底，屆時將失去憲法正當性，最遲應於二〇二三年完全終止徵收。錫霍佛則表示，他希望十年內，也就是兩德統一三十九週年之時，德國可以實現全國平等生活條件，失業率、生產率、平均收入、公共交通的密度、快速互聯網，教育機構的密度、醫療和養老設施等全國發展能取得大致平衡。

但實際上，德國目前離平等生活條件的距離還很遠；儘管西德有部分聲音不滿對東德經濟上的補貼，但東德至今在經濟與區域發展上，仍遠遠落後西德——東德受雇者比起西德同業者，平均少賺了百分之十七，西德家庭的總財產則比東德多四倍；除了經濟方面，東德社會高齡化的問題也嚴重很多。一九九一至二〇一七年間，總共有三六八萬的原東德居民離開家鄉，這個數字是統一之前東德人口的四分之一。當以青年為主的大量人口流失，留下來的東德人口也就越來越老。

我爸爸以前是鄉村醫師，他記得兩德統一之後，診所出現不少來自東德的女性移民，努力在西德打拼。他笑著說，當時最令他意外的是，來自東德的移民，施打疫苗的紀錄大多非

筆記

柏林圍牆——現代史上著名的「分隔」象徵之一，在一九八九年倒下。這似乎意味著「民主」擊敗了「共產」？自此後統一的德國就迎來了光明美好的「完整」未來？——本文作者來自德國，他以個人與家庭經歷的東西德分治與統一，提供了一份充滿私人情感的證言，它同時也能做為大歷史與集體記憶切片。

高牆未必能阻隔一切，分治時期東西德人仍相互遞送包裹，斷斷續續聯繫。高牆倒下後，一開始歡欣鼓舞，之後卻發現不如預期，從經濟開發、政府補助到心靈感受，那堵牆以無形方式存在，影響了當前德國政治發展，致使極端保守力量再起。怎麼消弭無形之牆？柏林圍牆倒下三十年後，這仍是最艱困的課題。

那一天香港中產階級上街了

胡晴舫

我第一次真正見識到香港中產階級，是二〇〇三年七月一日《基本法》第二十三條大遊行。北京政府希望香港特區積極落實基本法第二十三條立法，引起香港輿論強烈反彈，當年春天剛剛發生了非典型肺炎，由於內地缺乏言論自由，廣東政府與北京當局在非典行肺炎蔓延初期隱瞞疫情，致使疫情失控擴大。

邊界另一邊的香港因而變成全球疫情最嚴重的重災區，一夜之間頓成鬼城。而二十三條立法卻以國家安全為名，意圖壓制任何「煽動叛亂」言行，包括控管資訊的流通，香港人驚覺，包含在政治權利裡的言論自由已不再是抽象的人權概念，卻是生命安全的基本要求。

而是共同價值，而這份共同價值逐年一點一滴寫進香港法律，成了一份大型社會契約。這份社會契約定義了香港人。

破壞社會契約讓中產階級恐懼

當世上任何事物違反這份共同價值，侵蝕這份社會契約，對他們來說，不只是破壞了他們的「故鄉」，更是威脅了他們生命的根本，挑戰何謂香港人。六月四日的維園燭光因此能解釋成某一種價值確認的集體文化儀式，在坦克人與坦克車之間，一個真正的香港人會選擇坦克人，無論他說話多麼無厘頭，表情又多麼撲克牌。

中產階級的特色便是他們專心一意追求美好的物質生活，他們一生奮鬥不懈、持續辛勞的目標就是讓自己和自己在乎的人過得好，俗氣一點說就是衣食無憂，平安過日，因此經濟要繁榮，社會要安定。更深層一點，擁有堅實的物質基礎、運轉無礙的社會制度、整潔有序的城市環境，中產階級因此規矩守法，道德責任強，他們是法治的教徒，制度的執行者。他們就像學校裡的好學生一樣，需要規則，需要看見那一層層社會梯子，所以他們能很有目標，一步一步往上爬，達到他們渴望的頂峰。

法治與理性，香港人的信仰，自由經濟的DNA，香港之所以能躍居國際城市龍頭的重要原因。

當內地母親讓小孩在地鐵上吃東西，當街便溺，內地孕婦非法闖關，內地旅客帶著兩大箱無法交代來源的可疑現金，突然出現滙豐銀行門口要求開戶，香港人看見的並不是像臺灣人愛嚷的「文明」，而是法律遭到破壞。因為明文規定小巴地鐵禁食，每節車廂都至少有兩張招示，點解還有人裝無知硬要吃呢。法規條文非常瑣碎無聊，然而，這就是法治精神。

香港住了七百萬人，全部人的母語、年齡性別、教育程度、工作性質、家庭背景、宗教習慣均有差異，所有人要一起和平共存，靠的是社會契約，而非種族語文。一個香港人，不用出生在香港，不必說廣東話，只要符合法規就能變成香港人，一旦他／她變成香港人，進入香港社會，便自動加入這份社會契約，默契遵守，所以這個社會能繼續有安全的街道，開放的工作機會，言論的自由，人身不受威脅，與個人財產保障。

如果每個人不理會這些看似瑣碎死板的法律的枝枝條條，小至隨地便溺、亂丟垃圾，中到違法居留、貪污、當街砍殺，大到宗教分歧、經濟競爭、意識形態，很快城市便會失控了。而失控這件事，令中產階級恐懼。

筆記

某些語境下，「中產階級」一詞像罵人，意指拘謹、保守、工作狂、個人主義，而「上街（抗爭）」，則是激進、奮勇、衝撞、為公益／義發聲的，二者似乎是對立的。因此，「中產階級上街了」，才會成為一句慨歎、一樁大事。

香港中產階級上街，作者自云第一次看到是在二〇〇三年七月一日，其實「那一天」可能是之後的每個七一和六四，可能是雨傘運動或反送中運動中的某一天或每一天。同時，作者也指出香港作為移民社會，比血統或同化更具力量的是法律，由之而生出共同價值與社會契約，維繫了香港社會。當「愛國」的要求破壞了理性與法治，這個社會的最大主體怎麼可能不作出反應？

我的越南史，以及臺灣（人）的越南史

張正

關於越南，我們知道的還太少了，但對照日本學者小倉貞男所撰寫的越南史，其實我們每個臺灣人，或多或少也有一部屬於自己的越南史吧！如果算得寬一點，我自己的越南史，可以從大學時代說起，只是，當時的我還不知道。

那時，常常去學校附近的燒臘店吃飯，老闆講的是廣東國語，我以為他們來自香港。直到大約十五年之後，我因為要辦越南文《四方報》，才知道燒臘店的老闆是越戰結束後、從越南來到臺灣的廣東華人。而「四方報」這個名字，也是一位通曉越南文的燒臘店老闆所建議的。

越南初體驗

我二〇〇〇年就讀國立暨南大學（以下簡稱「暨大」）東南亞研究所之後，才算接觸到真正的越南。當時是越南婚姻移民來臺的高峰期，每年約有一萬名，各地的越南河粉店如雨後春筍紛紛出現，光是暨大所在的埔里小鎮，就有三、四間。

「愛娣越南河粉」是暨大師生最常光顧的店，老闆愛娣是從越南胡志明市結婚來臺的所謂「越南新娘」。她精明幹練，國語、閩南語、廣東話、越南話都通，生意嚇嚇叫。因為我要做田野研究，所以常常待在她的店裡閒聊，彼此算得上是朋友。

在讀研究所之前，我已經在報社工作多年，想要學以致用，於是向愛娣徵詢：「我們來做一份中文、越文對照的刊物好嗎？可以給越南的姊妹們看。」不料，我的善意被愛娣嗤之以鼻地回覆：「她們那些『越南妹』不看報紙啦！」

我默默地抹去鼻子上的灰，心裡納悶：「如果她們是『越南妹』，那妳不也是？」隨即，我懂了。我以為她們都是「越南人」，但愛娣是來自越南的「華人」，兩者之間有著不可逾越的差異。

關於越南，我知道的還太少了。

前進越南

就讀研究所期間，我數度前往越南做田野調查，最長的一次待了四個月，在胡志明市人文與社會科學大學學習越南文。這次的學習歷程和之前一群臺灣師生鬥陣作伙的情形很不一樣，少了一群說中文的同伴，也沒有接待的臺商或通曉中、越雙語的同學，我成了孤家寡人的「他者」，聽不懂周圍的語言，看不懂街上的招牌，悽悽惶惶。

越南的街道多半以越南人名或歷史事件來命名。我不熟悉越南史，看了沒啥感覺，也看不出什麼明確規則。粗略地說，比較寬闊、重要的幹道會以比較厲害的人或事來命名，例如兩度擊退蒙古大軍的民族英雄「陳興道」，以他之名的街道就又寬又大；相反地，傳聞中曾與胡志明有一段情、後來遭法國殖民當局殺害的「阮氏明開」，以她之名的街道就顯得窄小。不過就算窄小，既然名字能被拿來當作街道名稱，一定也是個重要的角色吧。

雖然語言不通，但只要豎起耳朵、罩子放亮，還是能知道點什麼。除了胡志明市人文與社會科學大學的越南師生之外，與我雞同鴨講的對象還包括房東太太、巷口的摩托車司機、路邊攤小販、理髮店師傅、書店店員等，在這些交談互動中，一點一滴地累積了我對越南的認識。

例如有一次，一位越南朋友語帶鄙夷戲謔、開玩笑地指著另一位膚色較黑的越南朋友說：「你這個柬埔寨人！」我腦袋轉了一圈才聽懂。原來，柬埔寨比越南貧窮，很多柬埔寨人跨境來打工，被當地越南人歧視。這和臺灣人歧視外籍移工的心態如出一轍，許多臺灣年輕人也會以「外勞」之名，取笑膚色較深的朋友。

後來，當我更熟悉越南史，知道整個越南南部原本全都是柬埔寨王國的領地，這時回想起「你這個柬埔寨人」的玩笑，便覺得不太厚道。

越南文《四方報》

回臺灣之後，我憑藉一口殘破的越南文程度（但也許在臺灣中文媒體人的圈子裡算前十名了吧），在《立報》老闆成露茜的帶領下辦起了越南文《四方報》，因而認識了更多越南人：

來《四方報》上班的越南婚姻移民舒婷、明紅，擔任志工的越南華人羅漪文、月影夫婦，來留學順便打工的越南高材生阮玉俊、明科、小燕、碧玉、寶珠……。在《四方報》的讀者和作者裡，呈現出了更多元的越南樣貌：會寫文章的、會畫畫的、會唱歌的、會教書的、會做生意的、身世坎坷的、好命到令人忌妒的……。

於是，我腦中的越南輪廓愈來愈清晰，卻也愈來愈複雜：當地越南人與海外越南人的差異，越南人與越南華人的差異，婚姻移民、移工、留學生的差異，合法移工與「非法」移工的差異，「高級」越南人與一般越南人的差異，北越、中越、南越的差異。越南絕非頭尾一致，就像臺灣也不是。

臺灣人的越南史

因為讀書和工作的關係，我的確比一般臺灣人稍微多懂一點越南。不過，越南是臺灣為數不多的鄰國之一，大家或多或少也接觸過越南人吧？你是不是也有對於越南的一番見解？

躍的動力究竟來自何處」。不過，對於這樣的研究「目的」，我難以苟同。

我不否認越南生猛有力，但是哪一個國家在面對外來勢力時會乖乖順服呢？差別在於，有的反抗成功、有的失敗，有時掌握了天時、地利、人和，有時卻力不從心。越南現在看似成功，但是，並不能就此論斷越南特別活躍、特別有動力。事實上，越南也有很長的一段時間受制於他國異族呀！

中國是越南的一部分，越南是世界的一部分

綜觀越南史，有一千年的時間是屬於中國的一部分，有另外一千年獨立於中國之外，與其緊緊比鄰，可以這麼說：「中國是越南的一部分」。不過，除了中國之外，越南也和其他的國家、民族頻繁互動，是世界的一部分。

所以，中國是越南的一部分，越南是世界的一部分，而臺灣與越南交流頻繁，是互為彼此的一部分。尤其，越南與臺灣近在咫尺，不應被忽視。當然，完美的越南，也並不存在。

——本文為《半島之龍：越南脫離中國，追求自由與認同的原動力》推薦序，八旗文化

筆記

許多臺灣人和「越南」的第一次接觸，或許就來自大街小巷隨處可見的河粉店。本文作者也是從經營河粉店的越南來臺華人那邊才知道，「越南人」不是鐵板一塊，還有種族之分，恐怕也會涉及地域、階級的差異。

本文原來是小倉貞男《半島之龍》一書的序文，該書強調以中越關係和世界眼光來理解越南。張正以回顧自身的越南（文化接觸）史來回應小倉的書寫，並扼要點出了戰後臺灣與越南的關係，以及自己辦越南文《四方報》的緣起。可以說勾連出一張交織著越南、臺灣、中國和世界的認識網絡，且特別凸顯了臺灣的位置。

歌。雖然過勞自殺被指認為社會現象，約是在二十世紀末陷入泡沫經濟的日本，但恐怕遠非一時一地之事；例如，早在一八七九年，知名的《英國醫學期刊》（BMJ）就曾在角落一隅刊載兩名實習醫學生過勞自殺的死訊。而自殺得否納入職災補償——特別是當代以無過失原則建構，雇主全額負擔的職災保險體系——向來具有爭議，例如有些美國法學者質疑：自由意志的（volitional）自殺恐怕超出職災補償法令的目的，有時甚至可能「鼓勵」自殺。

確實，過勞自殺比起具有鮮活新聞圖像和明確因果機制（暴露—疾病）的有毒氣體或輻射，乃至於重複動作和過量負重的積累，真是隱微多了。甚至對比於過勞死涉及的腦心血管疾病病程還多少有跡可循，過勞自殺關乎的就是某些精神科醫師戲稱的「腦袋裡面和上面」的事了。

實務上，鑑定得從業務內外的心理負荷和個人體質（或心理素質）去綜合判斷。問題在於，如果一端是隱形而鉅大綿延的資本結構壓迫，另一端是孤身渺小的個人，我們還有多大信心說：個人是有所選擇的？自由意志是固若金湯的？「理性」判斷能力是從不動搖的？即使立定了特定的工作時數，這些問題的答案仍是抽象難解的。

近二十年來，日本對過勞自殺的立場也有所轉變。日本學者於二〇〇〇年首次在國際職業與環境醫學期刊將過勞自殺的概念擺放到檯面上，那時過勞自殺才剛建立明文標準，往往需要五年以上的個案認定，且最終得以請領補償者也低於百分之五。其中較著名的，是一九九六年神戶地方法院首次承認過勞自殺的職災屬性，以及一九九一年同是電通員工的大嶋一郎過勞自殺事件；後者歷經一九九六年地院、一九九七年高院和二〇〇〇年最高法院的判決，將職場健康作為保護照護義務課予雇主，也打開職災判決的新頁。

二〇〇一年經濟危機裁員潮造成就業者工作負荷大增，造成新一波過勞死問題；與此同時，與工作相關的自殺（根據日本警察廳統計）自一九九七年的1,230人劇升至翌年1,877人後，就再也未曾低於1,700人了，甚至在二〇〇一年達到2,689人的高峰。

對比之下，一方面恐怕還有許多過勞自殺事件遠在大眾關注之外，另一方面許多列入統計中的過勞自殺也未得到官方補償認可。儘管與一九九九年時獲補償的十一件相比，近十年來日本每年的補償件數均已提昇至六十至一百件左右，補償率約落在三到四成左右，可見日本政府似已用較開闊的態度對待過勞自殺在內的職場疲勞與職業傷病問題，但仍未能阻止高橋的悲劇發生。

之而無不及；但我們直到二〇一三年才首度且絕無僅有地出現嘉基醫院護理師，因職業因素自殺而被認定為職災。與其他職業傷病的認定率並置，可以說過勞自殺就和臺灣其他職業傷病問題一樣，是被大幅低估了。

套用馬克思在《資本論》第一版序言中的話，如果我們看到日本過勞自殺的境況，而以為臺灣「遠不是那樣壞而樂觀地自我安慰，那我就要大聲地對他說：這正是說的閣下的事情！」

可以預見的是，在不久的將來，我們還是不得不揭開這個黑盒子——因為，再多社長的道歉，也換不回一條人命。

——原載二〇一六年十二月三十日「鳴人堂」網站

筆記

由於職場過勞與霸凌，導致日本電通公司職員高橋陷入憂鬱，最後從公司宿舍跳樓自殺。電通社長出面為此謝罪，高橋也獲得職災認定。然而，不像暴露於有毒氣體或輻射、重複負重積累而出的身體疾病，因果較為明確，過勞自殺是關乎精神層面，隱微得多，也更難以指認與追索。

同時，本文也闡述日本對過勞自殺現象的立場變化，追問：在日本政府有意識改善勞動傷病問題的情況下，何以仍然發生高橋事件？回到電通公司的企業文化上來看，其引以為傲的傳統規範很可能反而變成壓迫。由此再延伸到更早的富士康員工連續自殺事件，也可以看出類似的壓迫。而臺灣在勞雇關係上很多情況與日本類似，了解日本，正是為了反思臺灣。

齊柏林導演看起來好像真誠得多。他為紀錄片理想毅然辭職，放棄退休金；他有懼高症，但無悔的坐上直昇機，在氣流不穩顛簸難行中堅定紀錄；更重要的，他在《看見台灣》裡，見證了許多臺灣各地環境與土地破壞的景象；而之後齊導演在一次出機拍攝時不幸罹難，讓大家哀悼不捨之餘，也成為導演對記錄環境議題以身相許、無可置疑之奉獻精神的鐵證。齊導演個人的犧牲奉獻與理想情懷，也許可做為另一個勵志典範，他的作品也貌似將關注聚焦在臺灣的環境問題，而非《±2℃》那種動輒地球一家的空洞詞藻。這個情懷與聚焦，似乎為此作創造了一個宏大的意義：從官員、媒體到廣大觀眾，都像是到此刻才第一次知道，臺灣的山區被濫建濫墾濫挖砂石、廣植檳榔樹高冷蔬菜與高山茶、蓋度假旅遊山莊，或者海岸線竟然堆滿了消波塊。這部紀錄片忽然讓觀眾開始反省、媒體開始監督、政府開始行動。

其實，《看見台灣》和《±2℃》使用了同一種概念：造成全球暖化或臺灣國土破壞的程度已極為嚴重，「我們」需要警覺，要開始有行動。但「我們」究竟是誰、是什麼概念呢？「我們」即是每一個人，意味著暖化或濫墾等結果，所有人都該平攤責任。因此，我們應該節能減碳，記得關燈和少用點洗澡水，少買點高山蔬果茶葉。在「我們」共同分擔道德責任之下，就沒有人需要負起更多的責任；真正需要負國土破壞之政治責任的人，再度安全地隱形、脫罪了。

一篇《立報》社論〈因為視而不見，所以「看見臺灣」〉說得好：「拼命猛撒『感動』的要素，是要把環境惡化的原凶，也就是政府、資本家，從現實中抽離出來：臺灣環境的惡化，不是資本主義的唯利是圖所造成，也不是官員政府怠惰，而是人心淪喪。」也就是，要負責的變成一個抽象籠統的道德概念，而不是具體的對象。這就是《看見台灣》希望傳遞的最重要訊息。這樣的影片與訊息，讓政府官員，和他們管不動、不想管、或可能早已形成利益共同體的資本集團，額手稱慶。官員們聽起來煞有其事的成立這個中心那個小組，要處理影片中提到的土地破壞問題，但他們心裡偷笑：再等一個月或者更快，肯定有其他聳動的社會新聞或事件會取代國土破壞的議題，成為媒體新的興奮點，民眾也早已從影片的感動經驗中退潮、遺忘。一切都可依然如故，回到原點。

沒有人追問政治責任，和結構性之官／商／地方勢力的長期勾連所持續造成的土地侵佔、破壞與掏空。因此，《看見台灣》只會是另一個新聞事件和文化節慶。觀眾還沒有任何機會理解，那許多土地的「哀愁」是誰允許它們不斷產生的，影片又迅速地以「美麗」的結尾覆蓋了片中那堆哀愁：以一首極為感性的歌曲，回應並抹除先前的環境破壞案例，並安感性與感動，原是構成電影藝術或社會話語的重要手段，問題是臺灣主流紀錄片，老是把手段變成目的或唯一的訊息。臺灣社會是個充滿溫馨感動的地方，而大多數人的狀態，卻像是活在一個「感性」嚴重缺貨的社會，需要不斷餵食自己以更多的感動之糧，進而長期以來，逐漸集體形塑成臺灣的一種「國族性格」或國民性（national character）。如此無止盡地飢渴需要感性與濫情的國族性格，當然有其複雜多重的歷史、政治、商業與媒體等成因，且它終以臺灣國族認同為集體情緒投射的方向。先不論國族認同，究竟是不是一個能讓臺灣更美好、更進步的東西；如果國內外政治現實情境裡，一定還需要「臺灣認同」這個東西，以凝聚集體意志和驕傲感的話，我想問的是，它的內容或內涵，是否只能停留在互拋安慰、呵護、勵志這個層次？臺灣人與臺灣社會，只有能力在過去靠悲情和哭調求存，今日只會在感性與濫情中取暖？

我們「臺灣認同」的方法與內容，為什麼不能開始建立在對臺灣社會比較冷靜、理性的分析與自我批評之上？如果今日四、五十歲以上的世代，普遍被他們的歷史經驗所限制，難以自我超越的話，那麼，資質普遍優異、具有內在自信、較少歷史情緒包袱的年輕世代，何以還需要輕易陷溺在這種精神上的「感性文化保護網」裡？需要保護網，是一種集體懦弱的表現，一種長不大或不敢長大的心態。有能力與見識的年輕世代，應該以包括電影創作在內的各種積極行動，一起抗拒這種躲進濫情保護網、縮入「愛臺灣」之精神子宮裡的懦弱行為和自慰文化，以開始決心改造臺灣這種長不大的國族性格。

無論哪個世代的自省的知識份子和掌握話語權的人，舉凡影像創作者、評論者或媒體平臺經營者，也需要同時思考，如何將反思批判的訊息，更有效的傳遞到那些共同創造了上億票房的大眾眼前。對感性濫情文化的諸多批評與反省固然都可貴，但若觸及不到更廣大範圍觀眾的注視和思維，那麼我們終究還是在一個走不出去的小圈子裡自說自話。也許這是破億票房且紀錄不斷攀升的《看見台灣》，派給我們的更大的功課。

——原載《真實的叩問：紀錄片的政治與去政治》，麥田身上究竟發生了什麼事，會導致他性情大變，甚至成為殺妻兇手？其實，直到故事結束，讀者還是沒有得到確切的答案，因為主角從頭到尾，都是用「自己也是受害者」這樣的口吻在自白。他要讀者相信，是「酗酒」像魔鬼般纏上他，讓他性格改變，不但讓他開始虐待家中動物，還連曾經心愛的普魯托也不放過，在施虐程度一再升高的情況下，終於把貓吊死在樹上。

鎮日酗酒的主角後來在半醉半醒間又從酒館帶回一隻呼嚕著對他示好的黑貓，而妻子也對這隻貓疼愛有加，但主角卻認為牠胸前的白毛形似絞刑臺，是在指控他吊死前一隻黑貓普魯托的罪行，於是越來越厭惡、甚至害怕這隻貓，貓咪越是對他黏膩撒嬌，他越是被恐懼折磨，他同時把自己越來越喜怒無常的個性，歸咎於黑貓造成的影響，並且承認自己開始對妻子施暴以發洩怒氣。在這段陳述中我們依然可以看出，主角暗示是黑貓的存在折磨著他，施暴並不是自己的錯。

某次和妻子一起走往地下室時，主角差點被亦步亦趨的貓絆倒，一怒之下就舉起斧頭準備把貓砍死，這時，妻子抓住他的手想阻止，據他的說法，他是被這舉動激怒，才把斧頭劈進了妻子的腦門——不過就如不少評論者所指出的，殺妻更可能是預謀，甚至一直以來，被憎惡恐懼的黑貓都只是妻子的代罪羔羊。《黑貓》

事實上，愛倫坡確實也埋下了如此解讀的線索，就是讓主角說溜嘴—前一刻還想佯裝為失手殺死妻子，下一刻卻用「恐怖的謀殺」（hideous murder）形容自己的行為。接著，他更冷靜地分屍、把屍體砌進地下室的牆裡藏匿，直到警察入室盤查卻沒查出蛛絲馬跡，才由他自己一手揭露罪證。他在警察臨走前故意用手杖擊牆、讚美牆的堅固，牆卻塌了下來：「在屍體頭上，張著血盆大口、獨目中閃著火光的，正是這隻可怕的野獸，是牠的詭計誘我犯下謀殺罪，是牠告密的叫聲把我交給了劊子手。」殺妻並且活埋了黑貓的主角下了這樣的結論，認為從犯行到東窗事發，全都是黑貓的詭計造成的，是如同女巫般的黑貓，把他送上了絞刑臺。

這份疑點重重的自白書，到底該怎麼解讀呢？當然，如果讀者想試著挖掘「其情可憫」之處，也許會猜想，雖然愛倫坡只是約略提及主角曾因性情溫柔而遭受嘲弄，但這輕描淡寫的一筆，會不會也是解謎的關鍵之一？在傳統父權社會中，不夠陽剛的男性往往在同儕間會受到奚落甚至霸凌，主角是否可能因為不具典型的男性特質而在某種程度上成為「邊緣人」？被排擠、被邊陲化的人就去輕賤或惡待其他生命，甚至以此來證明自己並非是最弱的、位在權力位階最底層的，這種行為固然並不足取，但會不會是確實存在的現象？[1]

1 此處可參考本書第一章〈蝴蝶〉該節的相關討論，下一節〈蒼蠅〉亦會對此做更多分析。

然而除卻上述這些「衝著動物來」的敵意之外，該篇文獻所列出的第四到第九點其實都指出了一件重要的事，就是動物本身是否真的曾激怒或傷害犯行者，或許並非動物虐待發生的關鍵。這四到九點分別是：四、透過動物來發洩攻擊慾；五、利用虐待動物提升自己的攻擊指數：例如以虐待及殺害動物來促使自己的攻擊能力更進步、或以此恫嚇他人，讓別人對自己的暴力程度留下深刻印象；六、用動物虐待驚嚇別人以取樂；七、以動物虐待來報復人；八、把對人的敵意置換到動物身上：通常當自己不敢對痛恨或恐懼的對象採取攻擊行動時，就可能把敵意表現在動物虐待上；九、為了得到施虐的快感，而這通常是想全面控制掌握動物，透過享受這種權力的滋味，來彌補自己的欠缺與脆弱感。[5]

我們可以看出，在上述這幾種動機中，動物都只是一個工具，而且常常是用以宣洩施暴者無法處理的，對他人的敵意或對自己的不滿。以此研究報告回頭來看《黑貓》，倘若主角如自己所言，確實因溫柔的個性成為被同伴嘲弄的對象，那麼和第九種動機就頗為符合，也就是想透過掌控動物，來感覺自己不是最弱的。問題是，愛倫坡有意要我們推論主角「情有可原」嗎？換成現實中的術語來說的話，愛倫坡所刻劃的，是不是一個根本不具責任能力的罪犯？他是否患有嚴重的精神疾病，以至於無法判斷自己的行為是違法的？

我們雖然不可能為文學作品中的人物進行即使在現實中也極困難的精神鑑定，但如果考慮到愛倫坡刻意使用了「不可靠的敘事者」（unreliable narrator）此一常見的手法，或許可以說，愛倫坡至少有意要讀者對主角的可信度保持高度戒心。例如主角的自白看似是「人之將死，其言也善」，卻在在透露出他並不認為自己是一切犯行的始作俑者，還表示自己是被這一連串事件嚇壞、折磨、毀滅的受害者；他甚至說，自己可能還是太容易激動了，才會覺得他接下來要述說的事件十分恐怖，如果是比較理性而鎮靜的人，說不定會認為他所陳述的一切，只是因果必然下的尋常事件。而我們在他後續所謂的自白中，也不斷發現他處處想要推卸責任，不是把一切說得事不關己，就是把自己當成受害者。

例如他之所以看似不經意地提起，妻子曾告訴他黑貓是女巫的化身，用意其實是要暗示，他如今會覺得黑貓邪惡可怕，是被妻子「洗腦」的結果。而面對自己酗酒造成的性情大變，如前所言，他也只是把「酗酒」擬人化為魔鬼，好為自己開脫，彷彿自己是在不可抗力的情況下才變成一個施暴者。[6]凡此種種，都說明與其說主角「心神喪失」，不如說他心思相當縝密，很懂得為自己辯護，並且相當程度上非常信仰理性。例如他吊死普魯托的當天夜裡，住處就發生火災，災後的斷垣殘壁中竟可見一貓形浮雕，脖子上還繫著繩索，主角雖

5 見凱勒與費爾特斯合著*“Childhood Cruelty toward Animals among Criminals and Noncriminals”*，下一節將要討論的〈蒼蠅〉一文，所展現的動物虐待型態就屬於此處列出的第八種。

6 英文裡的 intemperance 有不節制、放縱、酗酒之意，故事中的主角提到這個詞的時候，刻意將之大寫，並且與魔鬼（Fiend）一詞連結，把酗酒的行為解釋為肇因於自己受控成為魔鬼的「工具」。

然感到害怕，卻拒絕以靈異現象來解釋，而是展開一番理性解讀：一定是火災引來觀望的人潮，於是有人看到貓被吊死在樹上，就切斷繩索，把貓從窗戶丟進來，試圖叫他醒來逃生。貓屍被丟進火場之後，被其他倒塌的牆壓扁，倒在剛塗了石膏的牆上，貓屍散發的阿摩尼亞就和牆上的石灰物質作用，構成了貓形浮雕。這一整段「推理」，充分顯見他想依賴理性、科學來解釋不可知的現象。難怪芮德（Roberta Reeder）及法拉薛（Richard C.Frushell）等評論者都認為，在愛倫坡筆下，主角是一個聰明、凡事都想訴諸智性、找到解釋的人，甚至可說理性過了頭（ultra-rational）。[7]由此觀之，心神喪失或徹底瘋狂應該都不符合主角的形象。

尤有甚者，主角在解釋自己為何要吊死普魯托時，很狡猾而有技巧地把全人類都拖下水，說這種「為犯錯而犯錯」的天性人皆有之：誰不曾在理智上明知律法如何要求，卻偏偏想要違法呢？這種倒錯的傾向，其實是人性中深不可測的慾望啊！他如此舌粲蓮花地解釋，幾乎都要讓人信以為真了！只是當他強調自己如何含著淚把貓弄死時——「我吊死牠是因為我知道牠曾如此愛我……因為我知道如此做的時候我就犯罪了……犯下最慈愛或最令人敬畏的神都拯救不了的罪」——讀者或許就能回過神來，發現他的「倒錯」（perversion）絕不能用人性普遍具有的慾望來解釋。相反的，他的說詞顯示了他既不能面對自己的心理問題，又無意承擔行為責任，而這樣的結果，自然就是在死了一隻普魯托之後，還會有犧牲者出現，那就是第二隻黑貓，以及他的妻子；直到他就逮，一切才停下來。

下篇 《黑貓》的現代啟示錄

《黑貓》故事離奇的結局曾引起非常多的討論，例如認為主角「聰明反被聰明誤」，或主張他是因為良心不安，才會自揭罪行。然而，與其說主角受不了良心的苛責才有此不合常理之舉，不如說是他決意犯下「神也無法拯救的罪行」的這種狂妄，讓他不允許自己的「完美犯罪」不被識破—就如同「祕密」如果不說出來就無人知道這是個祕密、但一說出來也就不再是秘密的弔詭，完美犯罪也是如此，主角精心安排的藏屍地點假使不被發現，等於沒人知道他原本藏得多好。這種「倒錯」，顯然不是主角所說出自於人類皆有的，明知道被禁止卻更想踰越的慾望，而是因為他始終活在自己的世界裡、不曾真正相信律法的存在，所以才會以犯行來「召喚律法的出現」。

7 法拉薛更認為，或許也就是這種過度壓抑本能、情感的傾向，造成了主角的失衡，畢竟理性與情感，智性心靈與動物性本能，同樣都是構成人的要素，不能二選一。故事最後，黑貓在屍體頭上張著血盆大口的那一幕，猶如反諷地宣稱，被主角所摒棄、壓抑的動物本能終究反撲，戰勝了由「頭」所代表的智性。可參考 "'An Incarnate Night-Mare': Moral Grotesquerie in 'The Black Cat'" 一文。

如果用拉岡的精神分析語彙來說，相較於官能症者（neurotic）的慾望確實和律法相生相滅、不能要的越是想要，倒錯者沒有真正感受到代表「父之名」的律法約束，不曾聽到「父說不」，[8]於是他不但為所欲為，而且並不認為自己需要為傷害動物與謀殺妻子負責，畢竟從他的觀點來看，那些行為也都是外力、他人害他如此的。主角的卸責傾向，再次用精神分析的術語來說的話，就是倒錯者「去主體化」（desubjectified）的現象，他們往往會把自己變成是旁觀者、是匿名隱身在群眾之中的，即使自己明明正是那個採取行動的人——就如同主角要全人類為他的行為背書是一樣的道理。[9]

也因此，如果說《黑貓》這個故事在線索如此有限的情況下，能給今天的我們什麼啟發，應該不在於主角本身是否確實是邊緣人、或曾受虐——畢竟若要確認虐待動物者的「病因」（etiology），非但學術討論上難有定論，[10]在實際情境中必然也有個案與個案間的差別；而是在於，如果施虐者已有去主體化、卸責的傾向，不能面對自己內心的黑暗、承擔自己的責任，那麼社會大眾更不宜加入共犯結構，不該在動物虐待事件發生時，以「貓還不是會玩弄老鼠蟑螂，為何人不能虐貓？」「每天雞鴨豬牛那麼多經濟動物被虐致死都無人聞問，為何要獨尊貓狗，一碰到貓狗受虐就大驚小怪？」這類反應來合理化虐待的行為、助長動物虐待事件被持續忽略。

證諸臺灣社會，由於臺灣動保的現況確實是關心同伴動物者居多，所以每當重大的虐貓虐狗案件發生時，通常會有相關的抗議示威行動出現，不管是要求嚴懲施虐者，或是呼籲設置動保警察等等。而這時，前述的質疑也往往會出現，與之抗衡；這些質疑聲浪中固然確實也有來自為經濟動物抱不平者，[11]但更多的狀況是意在嘲弄他們所預設的「可愛動物主義者」。換句話說，質疑者未必真的關心任何其他動物，只是認定臺灣是貓狗權高漲之地，所

8 拉岡關於父之名的論述利用了法文裡 Nom du Père 與Non du Père同音的巧合，因為精神分析所謂的父親功能（paternal function）、父的律法，就是建立在父親說不——對孩童的亂倫慾望——的禁忌之上。

9 拉岡是在評論佛洛伊德（Sigmund Freud）知名的篇章“A Child is Being Beaten”時，提及倒錯者無法承擔自身責任、有去主體化的傾向。佛洛伊德觀察到，有些小孩會幻想別的小孩（通常都是與自己有競爭關係的兄弟姊妹）被父母親打的情節，這不一定需要目睹現實中的體罰，而可能是為了滿足自己無意識的慾望，諸如「父親正在打我恨的那個小孩，因為他怕我不知道他其實比較愛我」；但是幻想中的場景後來會變得較不明確，變成是一個或多個小孩被某個代表權威的人物打，而自己的角色也會從競爭者、驅動打人幻想的主事者退位，只承認「我也許只是在旁邊看」。這種變化的過程就是一種去主體化，自己的主體變得不明確，甚至變成只是一雙眼睛，如此一來，也就無須承擔作為主體的責任。拉岡於是表示，去主體化是倒錯的精神結構特色之一。

10 光是以費爾特斯“Aggression against Dogs, Cats, and People”一文來說，其中對動物虐待的「溯源」，就已同時包括了曾經受到雙親暴虐對待，以及父親在孩童成長過程缺席、沒有形象穩定的父親足以引領孩童控制攻擊慾或適當紓解攻擊慾等種種可能狀況。

11 例如國外的素食網站，就曾以一張豬牛雞與貓狗「對立」的漫畫，凸顯經濟動物的乏人關心：畫面中經濟動物們與貓狗同桌而坐，狗說，「如果我們被惡待，那些人得去坐牢。」而牛聽了則說，「真讓我忌妒！」雖然可以了解漫畫背後為經濟動物抱不平的慨歎，但就運動的策略來說，挑起對立未必是理想的方式，也未必能讓部分只關心貓狗的人就此「幡然醒悟」，為經濟動物做些什麼。

再以肉食為例，假使我們覺得肉食確實讓很多經濟動物受苦，那麼與其認定吃肉的自己既已涉及虐待動物，就沒有資格在動物議題上發言，是否支持友善農業、甚至從少肉開始往素食靠近，可能會是更積極有效地減少動物虐待的方式？其實，我們不需要因為自己無法在生活中全面地不傷害動物，就放棄了為動物福利做點什麼的可能性。重要的是，不要因為自己在防止動物受虐上可能「為德不卒」，就過度防備地把不同的虐待事件同質化，因為如此才真的可能淪為助長動物虐待的共犯。

嚴格說起來，《黑貓》中主角的犯行雖然相當暴力，但愛倫坡卻沒有以極血腥的方式來描述，也沒有太多細節的呈現——反而他對貓的撒嬌樣態，還刻畫得比較詳細。那麼為何這則故事依然讓人感覺恐怖？或許，恐怖之處，在於我們從頭到尾都看不到主角對自身黑暗的任何認知，在於他不斷替自己的行為找藉口，對動物、對人痛下毒手還說自己身不由己。

當然，人心難免都有陰暗面，但不肯去面對這陰暗、不願找出問題所在，就剩下被黑暗吞噬的命運了，一如故事的主角。只是黑貓何辜？妻子何辜？百年前的愛倫坡已說完了他的恐怖故事，但當代讀者的驚惶恐怕還未了。在生活中每一個虐待動物的惡行，都有可能釀成更大的惡，如何不讓無辜者隨之葬送在黑暗中，是見證者們艱難的倫理責任，有待許許多多人，先從不輕賤動物生命、不視動物虐待為小惡開始，點燃那可能驅走黑暗的火種。

＊＊＊

其實，《黑貓》是我每次安排課程時，最不想納入的一篇，只要那個學期的課程碰上假期、上課不足十八周，我就必然「優先」刪除這篇，原因在於，不管讀多少次，主角那種用冷靜理性包裝的惡，依然會讓我感到不寒而慄。

這篇文章一千多字的同名初稿，曾登在《英語島》雜誌上，可以說是為了二〇一五年底被臺大陳姓學生虐殺的街貓大橘子而寫。我當時感嘆地想著，文學從來都不是離現實很遠的、「無用」的學科，更多時候，文學作品已預見了太多，只是我們通常不願用心去看，於是，我寫下了這篇文章。

對我來說，《黑貓》就是這樣一則雖然令人不快、但捕捉人性的黑暗相當準確的作品；而也就像故事裡的有一就有二，很遺憾地，後來陳姓學生又虐殺了某餐廳的親人店貓斑斑。事件再次發生的時候，除了感覺難過，作為臺大的老師，我更多了份無力感，因為我所能做的，只不過是像第一次事發時那樣，寫信請校方正視這個問題，而幾乎在寫信的時候，我就已經知道我的請願是無用的。為什麼？因為我們的社會普遍還是沒有把動物虐待認真當一回事，還是把為動物虐待而難過或悲憤者，視為過激的「愛貓愛狗人士」。當動物虐待背後的心理問題不曾被認真探討與處理、當我們總是以「不過是隻貓（狗）」，難道要因此毀了一個人的前途？」等等制式反應來面對每一次的虐待事件時，這種集體的冷漠與輕忽，就會讓類似的事件一而再，再而三地發生。

——原載《以動物為鏡》，啟動文化

筆記

文學濃縮人間訊息，通過愛倫坡《黑貓》中那個「不可靠的敘述者」的自白，以及小說給予的蛛絲馬跡，探索虐待動物、殺害妻子的黑暗心靈。本文從這篇小說出發，延伸討論臺灣層出不窮的動物虐待事件。在虐待動物的過程中，施虐者得到快感，或以此證明自身、或以此逃避自我，而動物始終就是替罪羔羊，被當作人類發洩內心憤怒、遮蓋慾望或挫折的工具。

本文是本書中篇幅最長的一篇，適當保留學術性，盡可能複雜地看待文學文本、人類心靈以及人與動物的關係，並回應臺灣社會的動物議題。同時，作者針對常見的質疑，提出思考上的解盲，指出我們不能將所有的動物虐待都同質化，也不應以適者生存的論調合理施虐行為。不隨意輕賤動物生命，才可能不讓人性的黑暗面失控。

作者簡介（依文章順序排列）

劉璩萌

一九九六年出生於高雄。曾獲月涵文學獎、打狗鳳邑文學獎。著有〈醜女〉曾入選九歌《一〇六年散文選》。

林佑軒

寫作者、翻譯人。著有小說集《崩麗絲味》、長篇小說《冰裂紋》、散文集《時光莖》。法文譯作有：《大聲說幹的女孩》、《政客、權謀、小丑：民粹如何襲捲全球》、《世界大局・地圖全解讀》、《在雪豹峽谷中等待》。網站：https://yuhsuanlin.ink。

騷夏

一九七八年出生於夏天的高雄，淡江大學中文系、東華大學創作與英語文學研究所畢業。著有詩集《騷夏》、《瀕危動物》、《橘書》、散文集《上不了的諾亞方舟》。

謝凱特

東華大學創作與英語文學研究所畢業，著有散文集《我的蟻人父親》、《普通的戀愛》、《我媽媽做小姐的時陣是文藝少女》。曾獲臺北書展大獎非小說類首獎，入圍臺灣文學金典獎。

鯨向海

一九七六年生。現為精神科醫師。著有詩集《通緝犯》、《精神病院》、《大雄》、《犄角》、《A夢》、《每天都在膨脹》。散文集《沿海岸線徵友》、《銀河系焊接工人》等。

李欣倫

中央大學中國文學系副教授，著有《藥罐子》、《此身》及《以我為器》等散文集，《以我為器》獲二〇一八年國際書展非小說類大獎，亦入選《文訊》「二十一世紀上升星座：一九七〇後臺灣作家作品評選」中二十本散文集之一。

柯裕棻

臺東市人，祖籍彰化，作家，大學教授。輔仁大學大眾傳播系學士，美國威斯康辛大學麥迪遜分校傳播藝術博士。現為政治大學傳播學院新聞學系副教授；研究專長為媒介社會學、文化研究、電視文化史。著有《青春無法歸類》、《恍惚的慢板》、《甜美的剎那》、《浮生草》、《洪荒三疊》、小說有《冰箱》。

黃文鉅

一九八二年生。政治大學文學碩士，文學博士肄業。曾任教於東吳大學，也曾任職於媒體。曾獲林榮三文學獎散文首獎、教育部文藝創作獎散文特優、國藝會文學創作補助、入選九歌年度散文選等。著有散文集《感情用事》、《太宰治請留步》。

廖梅璇

一九七八生，臺灣嘉義人，臺大歷史系雙修外文系畢。善於失眠，喜陰溼，背對鏡子面朝苔綠，在詩、散文和小說間切換電頻，曾獲時報文學獎短篇小說獎、林榮三文學獎散文獎、梁實秋文學獎，出版中法對照詩集《雙耳的對話Dialogue des oreilles》及散文集《當我參加她外公的追思禮拜》。

詹宏志

出生於一九五六年，雙魚座。臺灣大學經濟系畢業。現職PCHome Online網路家庭董事長。曾任職於《聯合報》、《中國時報》、遠流出版公司、滾石唱片、中華電視臺、《商業週刊》等媒體，並曾策畫和監製包括《悲情城市》、《牯嶺街少年殺人事件》等九部電影。著有《趨勢索隱》、《城市觀察》、《創意人》、《城市人》等，散文集《人生一瞬》、《綠光往事》、《旅行與讀書》等。

蔡珠兒

南投人，天秤座，生於埔里，長於臺北，臺大中文系畢業，英國伯明罕大學文化研究系肄業，旅居倫敦和香港多年，二〇一五年鮭魚返鄉，搬回臺北定居。喜歡植物和食物，是個文字偏執狂，散文專業戶，也是業餘廚師。著有《南方絳雪》、《雲吞城市》、《紅燜廚娘》、《種地書》等散文集，作品散見中港臺報章，曾獲吳魯芹散文獎，聯合報、中國時報「開卷」，以及臺北書展等好書獎。

林銘亮

現為清華大學中文博士候選人、新竹高中教師。曾獲全國大專生古典詩獎、臺北文學獎、竹塹文學獎、夢花文學獎。〈嘗鮮〉收錄於《二〇一九飲食散文選》。著有《張昭鼎的一生》、論文《諷刺與諧擬——論張大春小說中的諷喻主體》。

唐捐

出生於嘉義縣大埔鄉。臺大文學博士，現為臺大中文系教授兼臺灣研究中心主任。著有散文集《世界病時我亦病》等兩種，詩集《金臂勾》等六種，另有日譯詩集《誰かが家から吐きすてられた》。曾獲五四獎、年度詩獎、聯合報文學獎、時報文學獎、臺大傑出教學獎。

陳思宏

一九七六年生於臺灣彰化永靖，輔仁大學英文系及臺灣大學戲劇研究所畢業。短篇小說集有《指甲長花的世代》、《營火鬼道》、《去過敏的三種方法》，長篇小說《態度》、《鬼地方》、《佛羅里達變形記》，散文集《叛逆柏林》、《柏林繼續叛逆：寫給自由》、《第九個身體》等。曾獲臺灣文學獎小說獎、九歌年度小說獎、三度榮獲林榮三文學獎小說獎、金鼎獎、臺灣文學獎金典百萬大獎等，入選「二十一世紀上升星座：一九七〇後臺灣作家作品評選（二〇〇〇～二〇二〇）小說類」。《鬼地方》已賣出七國版權。現居柏林。

楊双子

本名楊若慈，一九八四年生，臺中烏日人，雙胞胎中的姊姊。百合／歷史／大眾小說創作者，動漫畫次文化與大眾文學觀察者，臺灣民俗愛好者。近作為《我家住在張日興隔壁》、《台灣漫遊錄》、《花開時節》，以及漫畫原作《綺譚花物語》。

張惠菁

臺灣大學歷史系畢業，英國愛丁堡大學歷史學碩士。一九九八年出版第一本散文集《流浪在海綿城市》，其後陸續發表有小說集《惡寒》與《末日早晨》，及《閉上眼睛數到十》、《告別》、《你不相信的事》、《給冥王星》、《步行書》、《雙城通訊》、《比霧更深的地方》等作品集。現為衛城出版、廣場出版總編輯。

游以德（Sayun Nomin）

一九九〇年出生於臺北市，桃園復興鄉拉拉山泰雅族。臺大戲劇系畢業，北藝大文學跨域研究所就讀中。曾獲臺灣文學獎、臺北文學獎、原住民族文學獎。

林志潔

臺灣雲林人，美國杜克大學法學碩士、博士，一位以國際化與跨領域整合研究為己任的刑事法學者，主要研究領域為性別正義與財經刑法。擔任司改國是會議委員、法務部人權委員會委員、中央廉政委員，貢獻法學專業於社會。曾任律師、月旦法學雜誌副總編輯、美國杜克大學兼任講師，自二〇〇五起任教於國立交通大學科技法律研究所。現任陽明交大特聘教授暨科法學院社會正義講座，並兼任財團法人金融消費評議中心董事長。

強納森

本名黃椽軒，畢業於電影研究所，現為NGO工作者。非二元跨性別者、躁鬱症患者。因為自己的生命歷程而關注的社會議題包含有：精神疾病、跨性別、監所人權、死刑、身體形象等。

劉亞蘭

政治大學哲學系學士、碩士、臺灣大學哲學研究所博士，現為真理大學人文與資訊學系專任副教授。專長為美學、性別研究。教授文學與藝術、藝術概論、當代藝術導論、視覺與美學、性別與影像、同志研究等課程。著有《平等與差異：漫遊女性主義》、《硬美學：從柏拉圖到古德曼的七種不流行讀法》等。

楊虔豪

定居首爾，過著採訪與寫稿生活的駐韓獨立記者。畢業於成功大學政治系，總是被誤認為是韓國學生，實際上是土生土長的臺灣人。目前經營「韓半島新聞平臺」，並將南北韓報導與評論供應給BBC中文網、公視、端傳媒等華文媒體。

林育立

旅居柏林多年，現任中央社駐德記者。著有《歐洲的心臟：德國如何改變自己》。

戴達衛（David Demes）

德國人，現為自由記者、譯者、淡江大學德文系兼任講師、國立清華大學社會學研究所博士班博士候選人。專業領域涉及政治社會學、轉型正義、德國現代史與政經發展。

胡晴舫

生於臺北，文學戲劇為根，住過香港、上海、東京、紐約以及巴黎等九座城市。寫作觸及全球文化現象，觀察大城市生活，直陳人類生命的本質。著有《旅人》、《濫情者》、《無名者》、

《第三人》、《群島》等書，編有《我台北，我街道》。

張正

一九七一年生，媒體工作者，畢業於政治大學公共行政學系、暨南國際大學東南亞研究所，創辦為東南亞在臺人士服務的《四方報》、外婆橋計畫、東南亞電視歌唱節目唱四方、移民工文學獎、燦爛時光東南亞主題書店。二〇一九年八月起經由遴選擔任中央廣播電臺總臺長。曾短期留學胡志明人文社會大學，略通越南語。長期關心東南亞來臺之新住民與外籍勞工相關議題。

陳宗延

臺大醫學系及社會學系學士、臺大健康政策與管理研究所碩士，現為臺大醫院環境職業醫學部總醫師、臺大環境職業健康科學研究所博士生。研究興趣為勞動社會學、職業醫學、職業健康政策及職業流行病學。

郭力昕

臺南市人。影像文化評論者，英國倫敦大學金匠學院（Goldsmiths）媒介與傳播系博士，現任政治大學傳播學院教授兼院長。著作包括《電視批評與媒體觀察》、《新頻道：電視．傳播．大眾文化》、《書寫攝影：相片的文本與文化》、《再寫攝影》、《真實的叩問：紀錄片的政治與去政治》、《製造意義：現實主義攝影的話語、權力與文化政治》等。

黃宗慧

臺灣大學外文系教授，常自嘲以動保為主業，教書為副業。曾任《中外文學》總編輯、NTU Studies in Language and Literature主編。著有《以動物為鏡：十二堂人與動物關係的生命思辨課》，合著有《就算牠沒有臉：在人類世思考動物倫理與生命教育的十二道難題》。編有《臺灣動物小說選》，合編有《放牠的手在你心上》。學術研究專長為精神分析與動物研究，個人研究興趣為家中貓與龜的日常生活點滴。

國家圖書館出版品預行編目(CIP)資料

當我們重返書桌：當代多元散文讀本/楊佳嫻編. -- 初版.
-- 臺北市：蔚藍文化出版股份有限公司, 2021.10
面；　公分

ISBN 978-986-5504-58-8 (平裝)

863.55　　110015762

當我們重返書桌——當代多元散文讀本

主　編／楊佳嫻

社　長／林宜澐
總編輯／廖志墭
執行主編／黃秀慧
書籍設計／木木Lin
內文排版／陳春惠

出　版／蔚藍文化出版股份有限公司
地址：110臺北市信義區基隆路一段167號5樓之1
電話：02-22431897
臉書：https://www.facebook.com/AZUREPUBLISH/
讀者服務信箱：azurebks@gmail.com

總經銷／大和書報圖書股份有限公司
地址：24890新北市新莊市五工五路2號
電話：02-8990-2588

法律顧問／眾律國際法律事務所　著作權律師／范國華律師
電話：02-2759-5585　網站：www.zoomlaw.net

印　刷／世和印製企業有限公司
定　價／台幣380元
ISBN／978-986-5504-58-8

初版一刷／2021年10月